父がしたこと

青山文平

角川書店

父がしたこと

「今から語ることは口外無用だ」

と、父の永井《ながい》元重《もとしげ》は言った。御城《おしろ》に近い永井の屋敷の、行灯《あんどん》が点《とも》された書斎である。夕餉《ゆうげ》はすでに終えている。

「承知」

間《ま》を置かずに、私は返した。父は御城で小納戸《こなんど》頭取《とうどり》を勤めていて、御藩主《ごはんしゅ》の身辺の御用《ごよう》を取り仕切る。口止めをするとしたら、御藩主に関わることしかない。

「その前に確かめておきたいのだが、向坂清庵《さきさかせいあん》先生から、なにか聞いておらぬか」

「御藩主、についてでございますか」

私は一応、念を押す。わかってはいても、口止めが向坂先生に絡むとあれば、質《ただ》さざるをえない。向坂先生は医師だ。城下から四里ばかり隔たった田沢《たざわ》村に、尚理堂《しょうりどう》なる診療所を設けている。

「そうだ」

ただし、向坂先生はただの在村医《ざいそんい》ではない。城下には両手の指では足りぬほどの医者がいるのだが、わざわざ田沢村まで足を運ぶ者は引きも切らぬ。それどころか、国の一円から人が集まるし、遠い他国からの患者さえめずらしくない。年齢こそまだ四十の手前だが、先生はいわゆる漢蘭折衷派《かんらんせっちゅう》の、名医の一人なのだ。患者の病状に合わせて、漢方《かんぽう》と蘭方《らんぽう》を自在に遣《つか》い分ける。

「先生からはなにも聞いてはおりませぬが」

漢蘭折衷派の鼻祖《びそ》といえば八十八年前、京《きょう》は六角《ろっかく》獄舎での腑《ふ》分《わ》けに立ち会って、その記録を『蔵志《ぞうし》』に残した山脇東洋《やまわきとうよう》とされるが、東洋は折衷とはいってもまだ蘭方が薄かった。人々の記憶を占めているのは、亡くなってからまだ七年足らずの華岡青洲《はなおかせいしゅう》だろう。東洋の観臓《かんぞう》から五十年が経った文化《ぶんか》元年、青洲は紀州《きしゅう》の山深くにある名手《なて》村の医塾、春林軒《しゅんりんけん》において麻沸湯《まふつとう》による全身麻酔下での乳岩《にゅうがん》手術に踏み切り、未見《みけん》の医療の域を拓《ひら》いた。その青洲の学統《がくとう》を継承し、さらに発展させたとされているのが本間棗軒《ほんまそうけん》。シーボルトの手術の手並を実見《じっけん》して、大したことはないと判じた、最新の西洋医学にたじろがぬ医の俊傑《しゅんけつ》である。向坂清庵先生はこの大医《たいい》の高弟《こうてい》で、全身麻酔を含めた手術の巧みさは師に引けを取らぬと見られていた。

「最近、お目にかかったのはいつだ」

父もまた念を入れる。ただ、話を聞いていない、では得心《とくしん》できぬらしい。

「三日、前です」

野《の》分《わき》めいた風が吹き荒れた九月の四日。その日、私は二歳になる長男の拡《ひろむ》のための膏薬《こうやく》を受け取りに行った。使いに出す者ならいるが、拡に関わることは、自分と妻の佐江《さえ》の二人でやると決めている。受け取りがてら、先生の話も聴いておきたかった。

「御藩主ではなく、儂《わし》の話はどうだ」

父は不意に、話に己れを持ち出す。

「父上の、ですか」

「ああ、それとなく、儂の話に持っていったりはされなかったか」

「いえ」と即答しようとして、言葉を呑《の》み込み、もう一度、三日前の尚理堂を振り返ってみる。けれど、やはり、返答は否《いな》だ。

「いや、父上の話は出ておりません」

尚理堂では、たくさんの患者が順番を待っている。医師の前では、武家も百姓も職人も商人《あきんど》も皆、等しく患者だ。御城で目付《めつけ》を勤めているからといって、他の病める者の時を横取りしてはならぬ。私に分け与えられた貴重な時はすべて拡の状態の話で埋まっていて、父が出る幕はどこにもなかった。

「そうか」

ひとつ息をついてから、父はつづけた。

「いかに向坂清庵先生といえども、相手が重彰《しげあき》なら気持ちの揺れを覗《のぞ》かせるかもしれぬと想ったのだが、なにも洩《も》らさぬか」

私にとっての向坂先生はただひとこと、大恩人だ。もしも先生の医療を得られなければ、昨年の十月に初めて恵まれた息子の拡が最初の正月を迎えることはなかった。そして、拡の生《せい》への闘いはまだ終わってはいない。おそらくは、これからも、向坂先生にしか望めぬ医の力に頼らねばならぬだろう。先生と私は、そのように結びついている。武家として、目付という己れの御役目を忘れることは片時《かたとき》もないが、向坂先生の前では、私はあらかた二十八歳の父親になる。

「先生にとっては、身分の貴賤《きせん》にかかわりなく、等しく患者です」

私は答える。

「誰であろうと、患者の治療にまつわる話を他者に語ることはありません」

それをやったら、もはや、医師とは言えなかろう。

「向坂先生がそういう人物であることは、儂も承知しておる」

ふっと息をついて、父は言う。重々承知はしていても、あえて口に出さねばならぬ案件ということなのだろう。

「実はな……」

父はようやく切り出した。

「向坂先生に御藩主の治療をお願いした。十日前だ」

ここまで来れば、もう、察してはいる。

そういうことなのだろう、と見当をつけている。

それでも、はっきりと言葉に出して伝えられると、わかっていたはずなのに、疑問と、そして不安が湧き上がった。

居並ぶ漢方の藩医の面々を差し置いて、在村の向坂先生を頼るのだ。

手術を望まれているとしか考えられぬが、まさか、ほんとうに御藩主が全身麻酔を容《い》れられるのか。

蘭方外科のメスを受けられるのか。

ご意見を聴かれるとか、そういうことではないのか……。

「麻沸湯……」

堪《こら》え切れずに、私は訊《き》いた。

「……ですか」

「それしか見当たらんな」

みずからを得心させるように、父は答えた。

「向坂先生にしてみれば、すこぶる厄介な頼み事が舞い込んだというところだろう」

その厄介さがまさに、私の疑問と、不安の源だった。

春林軒での乳岩手術からすでに三十八年が経っている。もはや全身麻酔は、けっしてめずらしい施術ではない。青洲存命のときの門人に限っても、千名を超えていた。没後も、華岡流外科の医術は紀州の春林軒のみならず、大坂《おおさか》は中ノ島《なかのしま》の合水堂《ごうすいどう》でも伝えられつづけており、生前と変わらずに、既存の医療に飽き足らぬ多くの医生《いせい》を全国から集めている。門人を送り出していない国は片手で数えられるというから、いまでは日本の東西南北を問わず、相当の数の全身麻酔下での手術例が積み上がっているはずだ。

とはいえ、それはむろん、事故を考えなくてよいということではない。麻沸湯は曼荼羅《まんだら》華《げ》を軸に、草烏頭《そううず》などを合わせて調剤する。曼荼羅華はチョウセンアサガオ、そして草烏頭はトリカブトであり、言ってみれば、天然の毒で中毒を起こさせて意識の喪失に持っていくのである。もとより中毒に至る流れ、そこから意識喪失に至る流れは、患者一人一人異なる。いかに、投与前の診断に入念を尽くしても、患者の体質しだいで、不測の事態に陥《おちい》ることはいくらでもありうるのだ。手術台に横たわるのが御藩主だからといって、その想わぬ事態が避けて通るはずもない。治療を引き受ければ、華岡流外科の名医、向坂清庵は、麻酔の過誤《かご》によって一国の藩主を死に至らしめた、庸医《ようい》に落ちかねないのである。

「御病状は……」

私は問いを重ねる。無事に麻酔を通り抜けても、病状によっては肝腎《かんじん》の手術の困難さが待ち受ける。

「痔漏《じろう》だ。二十六のときからだから、もう、八年になられる」

「ああ」

痔は参勤交代を重ねざるをえない諸侯の病《やまい》だ。狭い乗物《のりもの》に閉じ込められての長旅が、血の巡りを滞《とどこお》らせる。心の臓へ向かう血が詰まり、参勤の途上で急逝《きゅうせい》される話も耳に入るが、最も繁く聞く疾患は痔であり、なかでも痔漏は悩ましい。化膿《かのう》を伴うから、痛みのみならず、しばしば腫《は》れと発熱に苦しむ。治りにくく、かといって、放置すれば硬化して岩《がん》に変わりかねない。患って八年というと、そろそろ、そういう心配もせねばならなくなる頃だ。

「五年前に本間棗軒先生の『瘍科秘録《ようかひろく》』が出たな」

「はい」

華岡流外科の粋《すい》を集めた医書の板行《はんこう》を願っていた者には待望の書だ。祖師、青洲は一冊の著書も残さなかった。医療は積み上げられた「知」の応用だが、現実に「知」を応用するには「術」が欠かせない。その「術」は一人一人異なる症例に合わせて手が応ずるものであり、言葉にも文字にもできないとしたのだ。医の技の安易な普及ほど、深刻な医療被害をもたらすものはないという識見《しきけん》であろうが、とはいえ誰もが春林軒と合水堂の門人になって、師の「術」を目で盗むことができるわけではない。門を潜《くぐ》れぬ幾多の者の渇望に、初めて応《こた》えたのが『瘍科秘録』十巻だった。

「あの書は、瘍科と銘打ちながら、巻之一が痔疾《じしつ》編で始まっているらしいな」

「さようです。そこが華岡流外科の、華岡流外科たるところとも言えましょう」

華岡流外科といえば、まず乳岩を想い浮かべる。おのずと、腫瘍《しゅよう》の摘出が治療領域と了解されやすい。たしかに、腫瘍や肉瘤《にくりゅう》、粉瘤《ふんりゅう》などの除去は華岡流外科の主柱をなすが、すべてではない。それまで外科手術で治すことなど考えられなかった鼠蹊《そけい》部の腸の脱落や、膀胱《ぼうこう》をはじめとする結石《けっせき》、そして痔核《じかく》や裂肛《れっこう》、痔漏などの痔疾にも手術の領域を広げている。治す術《すべ》がなく、置き去りにされていた病に、新たな回復への手がかりを供しつづけていることこそが、華岡流外科の画期《かっき》なのである。

「本間先生ご自身も、痔漏で苦しまれていたとか」

「それで、『瘍科秘録』の巻之一が痔疾編になったという説もございます。かなり重い症例で、手術に踏み切るべきかどうか、考えあぐねて恩師の華岡青洲先生に手紙を送って相談したのですが、青洲先生も判断しかねたそうです」

「それほどか」

「痔漏の孔《あな》が尻《しり》に開いた、いわゆる漏口《ろうこう》と肛門とのあいだが二寸五分。孔の長さそのものが五寸。そのように漏口と肛門が大きく離れている痔漏に、そもそも糸で縛って壊死《えし》させる薬線緊紮《やくせんきんさつ》の手術が可能なものなのか、本間先生と青洲先生が才知を絞り合ってすら答が出なかった。他にも、想定される多量の出血に耐えられるのかどうか、たとえ手術じたいはうまくいったとしても、排便になくてはならない肛門周《まわ》りの筋が役に立たなくなるのではないか、もろもろの恐れが渦を巻いて、本間先生をもってしても決断できずにいらしたようです。最後は、医人としての覚悟なのでしょう。座して死を待つより、術を尽くして討ち死にするべきだろう、と気持ちを切り替えられて、同じ学統の友人二名に手術を依頼したと記してありました」

「結局、成功されたのだな」

「手術が行われたのが、『瘍科秘録』の板行より二年前の天保《てんぽう》六年五月六日。薬線緊紮を繰り返してひと月余り経った六月十七日に断裁に至り、七月の末までには全快されたそうです」

「それを読まれていたのだろう。ひと月ほど前に、御藩主みずから手術の件を切り出された」

御藩主は蘭癖《らんぺき》の気味《きみ》があるとされる。この秋まではあくまで気味であって、蘭書と翻訳書、医書、本草《ほんぞう》書の収集にとどまっていたが、数、質ともに誇ってもよい蔵書ではある。それも元はといえば、病との付き合いから発したのかもしれない。きっと『瘍科秘録』も、待っていたかのように行を追われたのだろう。

「さようでしたか」

本間先生は成功された。だから、御藩主も成功する、とは限らない。でも、成功例に縋《すが》りたくなる患者の気持ちは、わかり過ぎるほどわかる。

「それまでは漢方の藩医から十全大補湯《じゅうぜんたいほとう》と排膿散及湯《はいのうさんきゅうとう》の処方を受けていたのだがな」

「ええ」

「十全大補湯には期待をかけた。それで治ったという者もいたのでな。しかし、御藩主には合わなかったようだ。いっときは快方の兆《きざ》しも見えたのだが、直ぐに再発された。望みをつなぎかけられただけに、落胆も大きかったのだろう。それで逆に、この際、根治《こんち》の治療を受けたいと決意されたようだ」

御藩主もまた本間先生と同様に、迷われつづけたのであろう。そうして、覚悟されたのだろう。

「最初は本間先生の執刀《しっとう》を考えていらしたが、先生は江戸《えど》だ。どうしてもというのであれば、来年の江戸在府《ざいふ》のときになる。とはいえ、在府となれば毎月江戸城での年中行事があって、三月《みつき》に及ぶ療養は憚《はばか》られる。無事、成功されたとしても、療養明けの御躰《おからだ》での御登城は御負担が大きすぎよう」

江戸城内での御藩主の失態は、国の成立ちを危うくする。藩の江戸屋敷にとって御登城は戦《いくさ》である。城内での行事を終えて戻られるまで、ずっと気を張り詰めつづける。つつがなく勤められて無事ご帰還あそばされれば、国許《くにもと》に勝利の伝令を出し、宵《よい》には宴《うたげ》を開く。手術で弱った御藩主を江戸城へ送り出して、負け戦を招き寄せてはならない。

「で、この国から遠くない土地で手術を依頼するに足る医師の名を本間先生に挙げていただいたところ、筆頭に向坂清庵の文字があった、ということだ」

それは、そうなるだろう。

「名前を目でたしかめたとき、儂は当惑した。もとより向坂先生が名医であることは承知していたが、名簿の筆頭に名を認めてみれば、やはり意外ではあった。というよりも、あってほしくなかったのだろう。先生は拡にとって大事な御方だ。ひいては、この永井の家にとって、なくてはならない御方だ。拡がもう大丈夫と見切ることができるようになるまで、頼らせていただかなければならぬ。だから先生には、危うい立場に立っていただきたくない。一瞬、臣下にあるまじきことだが、向坂先生の名を外して、御藩主に報告しようかとすら思った」

私は胸底《むなそこ》で父に頭を下げた。忠義一筋で六十三になった父にとっては、おそらく、生涯初めての不忠《ふちゅう》だろう。

「が、やはり、主君に対してそれはできなんだ。それに、おまえ流の言い方をすれば、御藩主とて等しく一人の患者だろう。身分の貴賤にかかわりなく、そのとき手に入る最良の医療を受けられるべきだ。ちがうか」

「ちがわぬでしょう」

世の逆の意味で、そうなる。

「で、儂は本間先生が記した順番のまま医師の名を申し上げ、御藩主は最初にあった名前の医師に頼むと決められた。そういうことだ」

「術前の診断はもう済まされましたか」

「四日前にな。詳細に術前の三診《さんしん》をされたが、問題ないとのことであった」

華岡流外科では、麻沸湯を投与する前に、三つの視座から患者を診断することが課せられている。もしも投与不可の症状がある場合は、ひとまず、その症状を治す治療に取りかかって、投与できる躰にする。

「ならば、向坂先生は引き受けられたのですね」

御藩主だからといって、手術を拒む先生ではない。患者の身体が麻酔と手術に耐えられると判断すれば、己れの身に降《ふ》りかかるかもしれぬ危うさを顧《かえり》みず、粛々《しゆくしゆく》と求めに応じられるだろう。だからこそ先生の身が、案じられてならぬ。

「ああ、引き受けられた」

父は即答するが、どこか、これまでの語りとは調子がちがう。

「この儂がお頼みして、先生から諾《だく》の返答を引き出した」

言葉とは裏腹に、屈託が伝わる。

「それでな……」

ふっと息をついてから、父はつづけた。

「武家の風上にも置けぬが、腹を明かせば、いまさらながら、事《こと》の重みに臆《おく》しているところだ」

思わず私は、父の瞳《ひとみ》を覗いた。日頃、二言《にごん》は口にせぬ父に、「臆している」という台詞《せりふ》はあまりに似合わない。いつもの父なら仔細《しさい》を言わず、「あとは全力で先生をお護《まも》りするしか我々にできることはない」とでも言い切るところだ。

「来月、改暦の宣下《せんげ》があるらしいが、存じておるか」

戸惑う私に、父は突然、暦《こよみ》の話を持ち出した。


「天保暦ですか」

「臆している」という言葉とどう関わるのだろうと訝《いぶか》りつつも私は受けた。暦法にはいささか関心がある。

「ああ、御公儀天文方《てんもんかた》の、渋川景佑《しぶかわかげすけ》殿の手になるらしい」

改暦には、帝《みかど》の命令を公布する宣下が要る。その宣下が行われるのが来月の十月。そして、いまの寛政《かんせい》暦から新しい天保暦へ実際に切り替わるのは再来年《さらいねん》の天保十五年になるようだ。

「なんでも、歴代の暦のように支那《しな》の暦書《れきしょ》ではなく、直《じか》に、西洋天文学の翻訳書の説に則《のっと》った暦であるとか」

渋川景佑殿が養子であることを思い出しながら、私は言った。実父は、かの伊能忠敬《いのうただたか》の師だった高橋至時《たかはしよしとき》殿である。三十八年前に亡くなったとき、至時殿は『ラランデ暦書』の翻訳をし残していた。引き継いで、『新巧暦書《しんこう》』四十巻にまとめた柱が渋川景佑殿だ。その『新巧暦書』を基にして、天保暦は組まれたと聞いている。

「初めて支那の暦の域を超えたという声も多いようだ」

「思い切られましたな」

推古《すいこ》の御代《みよ》から、暦法の師はずっと支那だった。千二百年を優に超えて仰ぎつづけてきた師を退けるには、尋常ならざる覚悟が要ったことだろう。初めて天保暦の話を聞いたとき、私は大した御方がいるのだなと嘆《たん》じたものだ。

「そこまではな」

けれど、父は言う。

はて、どういうことか。

「そこまで……」

「……と、言いますと?」

大した御方と嘆じたのは、私の早合点《はやがてん》ということか……。

「渋川景佑殿が当代で最も秀でた天文学者であることは疑いあるまい。だからこそ動かぬはずの前例を破られて、西洋天文学書を基に暦をつくられた。その西洋の理《ことわり》を知り抜いているはずの景佑殿が、地動説や太陽暦については頑として拒まれているようだ」

「ほお……」

初めて耳にする。

「意外、ですね」

常に御藩主と共にある父ほど、私は江戸の事情に通じていない。

「景佑殿のことだ。おそらくは、地動説の正しさを熟知しておられるだろう。にもかかわらず拒む。実は、『新巧暦書』も、『ラランデ暦書』のすべてを訳したものではないらしい。改暦に必要な箇所のみを選んでいる。ずっとつづいてきた太陰太陽暦の改良に役立つものなら容れるが、西洋の暦法観そのものは排除するということだろう。察するに、御公儀天文方での渋川家の力を保持することが先に立っているのやもしれぬ。太陰太陽暦を捨てれば、天文方という組織が瓦解《がかい》しかねない。養家である渋川家の名声を伝えつづける器《うつわ》が消える。つまり、西洋の才を利用する者が、西洋の学問一般の擁護者になるとは限らぬということだ」

なんで父が改暦に話を振ったのかが腑《ふ》に落ちる。父は蘭方外科の向坂先生の頭上にかかる暗雲《あんうん》の動きを言っている。

「現に、擁護どころか、景佑殿は蘭学の規制に回っている」

「真《まこと》でございますか」

「天保の改革を進める水野《みずの》御老中の側近に、近々書物奉行になられる渋川敬直《ひろなお》殿がいる。

景佑殿の御嫡男《ごちゃくなん》だ。その敬直殿が父の意を受けて、蘭学を一切《いっさい》禁止とすることを幕閣に進言しているらしい。天文方を除いてな」

「つまりは、蘭学は天文方が独占するということですか」

「どうやら、医の分野だけは規制から外しているようではある。それでも、献策が通れば、なんらかの縛りが入るだろう。蘭方のみはすべてこれまで通り、というわけにはゆくまい」

「通る見込みは？」

「さすがに、そのままでは容れられなかったようだが、この六月、蘭書の翻訳と板行が、町奉行所の許可を必要とすることにはなった。ほどなく、許可の権限が、町奉行所から天文方に移るかもしれん」

知らぬところで、知らぬ動きが進んでいるものだ。

「蘭学を巡って動いているのは天文方だけではない」

初耳《はつみみ》はつづく。

「医学館も動いている」

「つまりは、多紀元堅《たきもとかた》殿ですか」

幕府医官の質を揃えるために設けられた医学館は、もともとは多紀家の私塾だった。寛政三年に幕府直轄になったあとも、多紀家による漢方の本塁《ほんるい》という意味合いは強い。周りが思う以上に、当の多紀家が思っているだろう。

「渋川家の天文方は、一応蘭方は規制から外した。そこはさすがに窮理《きゅうり》に親しんだ者だ。医は常に、新規を取り入れて進歩しなければならぬという認識が覗く。が、医学館は漢方の牙城《がじょう》だ。それも、吉益東洞《よしますとうどう》の古医方《こいほう》への対抗心をあからさまにして考証学を掲げ、古医書の収集と校訂、覆刻《ふっこく》に邁進《まいしん》している。新規の動きに寛容であるはずもない」

漢方は大別すれば、古医方と後世方《ごせいほう》に分かれる。目の前の現実を直視しようとする古医方に対し、後世方は儒教の自然観である陰陽五行説《いんようごぎょう》をそのまま人体にも当てはめる。ありのままの人体の前に、まず思弁《しべん》がある。これを吉益東洞は、「実事《じつじ》を取らぬ、規矩準縄《きくじゅんじょう》なき陰陽の理」として退けた。多紀家の医学館は両派から距離を取る構えを見せて、考証学という垣根を張り巡らせるが、垣根の真ん中には、やはり陰陽の理がある。医学は長く、天下国家に関わらぬとして、〝小技《しょうぎ》〟と軽んじられてきた。儒学と同じ陰陽の理という根を持たせるのは、〝小技〟の汚名をそそいで儒学と並び立つためとする説もあるが、さて、どうか。ともあれ、考証学派もまた古医方とは相容れない。古医方の孕《はら》む新規の臭いが、我慢ならぬらしい。

「おのずと、蘭方に対しては仇敵《きゅうてき》に接するかのようだ。どういう事情でそうなるのか、田舎《いなか》武士には皆目《かいもく》わからんが、大奥にまで手を回して、幕府医官の蘭方禁止と、すべての医書の翻訳を医学館の許可制にするよう働きかけているらしい」

「そこまで踏み込むものですか。優良な医官を育てるべき医学館が」

「追い詰められている、ということなのだろう」

「追い詰められている?」

「ああ」

「蘭方が。それとも医学館が」

ふつうなら、「追い詰められている」と聞いて頭に浮かべるのは蘭方のほうだろう。

「医学館だ」

けれど、父は言った。

「古来、この国で医師といえば、それは内科医だった。内科が本道《ほんどう》で、外科は外道《げどう》だった。外科の外は外道に由来している。内科医にしてみれば、血膿《ちうみ》に触る汚《けが》れた仕業《しわざ》など、やりたくもなかったのだろう。だから、外科ならば、蘭方であっても大目に見てきた。漢方ばかりの幕府奥医師のなかに、蘭方医の桂川甫周《かつらがわほしゅう》先生が一人いらして法眼《ほうげん》にまでなったのは、甫周先生が外科医だったからだ」

当の外科医もまた〝外道〟を自覚していたようだ。みずからも和蘭《おらんだ》外科医であった杉田《すぎた》玄白《げんぱく》先生は、和蘭外科を掲げる医者を膏薬屋のようなものだったと述懐《じゅつかい》している。それぞれの家に伝わる膏薬を家伝と称して貼りまくる。和蘭の医書の伝授はおろか、ろくに学んでもいないので、いちいち漢方内科医の指図を受け、自然と手下《てか》のようになっている。残念ではあるが、もっとも、とも思う、と。

「その外科医が『解体新書《かいたいしんしょ》』から変わっていった。小塚原《こづかはら》での腑分けを実見した玄白先生は、現実の人の体内が『ターヘル・アナトミア』に載る解剖図のままであることに度肝《どぎも》を抜かれた。陰陽五行説が導く五臓六腑《ごぞうろっぷ》とは似ても似つかない。あまりの衝撃に衝《つ》き動かされて翻訳を進めるうちに、西洋医学の実理に驚嘆するばかりでなく、実理が実用と結びついていることを識《し》ってしまった。西洋医学はただ解剖をして人体の内景《ないけい》、つまり構造を明きらかにしたのではなかった。構造に加えて諸器官の機能をも究明し、しかる後に病因を探求して、それぞれに対応した治療を施《ほどこ》している」

ひとことで語れば、西洋医学は病そのものを治し、漢方は症状を治す。たとえば、胃のただれである。症状は出血であり、疼痛《とうつう》だ。西洋医学は解剖の知見に基づき、出血や疼痛の元となる胃のただれを治そうとするが、漢方には臓器別の疾病《しっぺい》という考え方がない。だから躰の内のただれではなく、躰の外の症状と向き合って、出血なり疼痛なりを抑えようとする。これが、父の言う「実理と実用の結びつき」があるかないかのちがいである。

「そこに目覚めれば、実証を経ることなく組み上げられた陰陽説は空理空論としか映らない。漢方医は、歯牙《しが》にもかけていなかった相手から、自分たちの医を〝支那旧伝《きゅうでん》の医〟と誹《そし》られることになった」

世間を見渡す限りでは、いまも漢方内科医の優位はなんら変わらぬように映る。あらかたの者にとっては、古医方と後世方の境さえ曖昧《あいまい》かもしれず、蘭方はいまなお格闘している。けれど、当の漢方医は、それも医学館を束ねるような漢方医は、学識があるだけに、〝支那旧伝の医〟の批判に揺らいでいるのやもしれぬ。そして、〝外科医ふぜいの戯言《たわごと》〟と黙殺できない己れを、許せずにいるのかもしれぬ。

「その流れから、いまでは西洋内科が育ち、地歩《ちほ》を築きつつある。あろうことか、漢方医の聖域であるはずの内科に、西洋医が越境している。彼らにとって堪《た》えがたいのは越境という事実もさることながら、西洋内科が越えるべくして越えていることだろう。多くは要らぬ。『西説内科撰要《せいせつないかせんよう》』と『医範提綱《いはんていこう》』の二書だけでよい。虚心に目を通せば、いかに新規に目を閉ざす彼らとて、実理と実用を結びつける西洋内科の凄《すご》みを悟らざるをえまい。だから彼らは、追い詰められている」

『西説内科撰要』は、宇田川玄随《うだがわげんずい》先生の手になる日本初の蘭方内科翻訳書だ。いまから四十九年前に板行が始まったこの書については、当初、身内から批判の声が上がった。往時《おうじ》の蘭学の雄、大槻玄沢《おおつきげんたく》先生が「要略」であると糾《ただ》したのである。初めて西洋の内科を公《おおやけ》にするからには「明細正確を以《もっ》て人望に副《そ》う」ことが不可欠なのに、これでは「世人《せじん》は失望」して、あとにつづくであろう内科書をも手に取らなくなってしまうだろう、と。

玄沢先生の「要略」の指摘は正しかった。『西説内科撰要』はもともと内科専門医のための書ではなく、外科医が内科の疾患を扱わねばならぬときの手引書であり、だから、初めから「要略」を目指していたからだ。でも、「要略」では「世人は失望」するという先生の危惧《きぐ》は杞憂《きゆう》だった。病門を五十五に分類し、それぞれについて、病名、病因、診断法、治療法、処方を整理した「要略」は、西洋内科医学の入門書として恰好《かっこう》だった。しかも、西洋内科を目指す者は外科から蘭方に入った者が多かったから、外科医のための内科手引書という性格も当を得ていた。

『西説内科撰要』と出会って、実理と実用の結びつきを見せつけられた医生たちは、失望するどころか大いなる希望をもって、あとにつづいた宇田川玄真《げんしん》先生の『医範提綱』を手に取った。三十七年前に板行された『医範提綱』はいまなお西洋内科の最良の教科書であり、おそらく、数十年の後も最良の教科書でありつづけるだろう。宇田川塾に集まった若者たちは、この書を繰り返し読んで西洋医学の全体像を身体に刻み込むと、すぐさま医療の現場に出る。そして実地診療に携《たずさ》わるなかで生じた疑点を『医範提綱』に戻って明らかにし、これを繰り返して己れの学識をさらに深めていく。だからこそ、才に秀でぬ者でも、西洋医学に通じえたと述懐する門人は多い。それも、「力を労せずして」学識の穴を埋め、「年月の久しきを積まずして」実理と実用を結びつけることができた、と振り返る。

無意味な障壁に煩《わずら》わされることなく、可能な限り速《すみ》やかに己れの到達すべき処に到達する……これぞ学びの意義というものだ。こういう独白を洩らす若者が輩出しているのを漢方医が知れば、いかに表面は盤石《ばんじゃく》に見えようとも、心底《しんてい》では「追い詰められて」いても不思議はあるまい。

「漢方ならば、身分の高い医者ほど当たり障《さわ》りのない処方をする」

父は話の本筋に分け入る。

「著しい改善も見込めぬ代わりに強い薬中《あた》りもない方剤《ほうざい》を調合して、医療の過誤を糾弾されないようにする。しかし、蘭方の外科では結果を隠しようがない」

漢方でも激しい方剤を処方することで知られた吉益東洞は、医者は病を治すだけ、と言った。命があるかないかは天命で決まる、と。病は治っても落命はありうる、つまりは、落命は治療とは関わりないというわけだ。古方医よりもむしろ蘭方外科医にこそ必要そうな説だが、内科医の東洞ならば世に受け入れられても、手にメスを持つ蘭方外科医では通るまい。誰の目にだって、命があるかないかは天命ではなく、医者の術で決まるかに映る。

「むろん、向坂先生は、手術を引き受けるにあたって、命を落とす危険があることを御藩主に丁寧《ていねい》にお伝えした。成功を確約できる施術ではないことを十分にご納得いただいた上で、執刀を承諾されている。御藩主は覚悟されておるし、また、御城代も承知されている。が、だからといって、手術が不首尾でも向坂先生に禍《わざわい》が及ばないとは言い切れぬ。御藩主と御城代は承知でも、周りが承知せぬかもしれぬ。追い詰められた者の出方は読みがたい。己れらが築いてきたものを守るためなら、我々の予想もしなかった手段に訴えかねない。どこからどんな声が湧き上がって、城内がその声一色に覆われるかわからぬということだ」

いまになって気づいたことではなかろう。御公儀における蘭学排撃の嵐はすでに吹き荒れていた。音頭を取っているのは、いまは町奉行の席にある鳥居耀蔵《とりいようぞう》殿と聞く。守旧《しゅきゅう》のためなら捏造《ねつぞう》でも誣告《ぶこく》でもなんでもする〝妖怪《ようかい》〟と、風聞《ふうぶん》は伝える。鳥居殿が巷間《こうかん》言われるとおりの人物であるのか否か、みずから確かめる術を私は持たぬが、ともあれ、蘭学隆盛の立役者だった田原《たはら》藩の渡辺崋山《わたなべかざん》殿は昨年、自刃《じじん》に追い込まれ、水沢伊達《みずさわだて》藩の高野長英《たかのちょうえい》殿は江戸は小伝馬町《こでんまちょう》の牢舎《ろうしゃ》に在る。表向《おもて》きの罪状は蘭学からは離れるが、それを鵜《う》呑みにする者は少なかろう。不首尾となれば、向坂清庵先生が彼らと同じ運命を辿《たど》らないとはけっして言えぬ。もとより、蘭癖気味の大名に仕《つか》える父は、私よりも遥《はる》かに排撃の風の強さを知っていたことだろう。が、それは小納戸頭取として知っていたのだろう。向坂先生の諾を得た刹那《せつな》、きっと父は、二歳の孫を持つ祖父として風に吹かれたのだ。

「でな……」

真っ直ぐに私を見て、父はつづけた。

「手術は内聞《ないぶん》で行うことにした」

「内聞、でございますか」

受けながら、私は思わず、「内聞」の別の意味を探していた。

父が言っているのは、表沙汰《おもてざた》にしないという趣旨の内聞だろう。

けれど、聞いた途端に私の胸底に湧いたのは、それで済むかという想いだったり、そもそも内聞を通せるものかという想いだったりした。

悪手《あくしゅ》、と言うのではない。が、妙手《みょうしゅ》とも思えない。

「ああ、内聞だ」

でも、やはり、父の言う内聞は、表沙汰にしないことのようだった。

「ただし、すべてを伏せるのではない」

父はつづける。

「仙草屋敷《せんそう》でご療養に入ることは明らかにする。先の鷹《たか》狩りで負われた怪我《けが》の治療という名目だ」

仙草屋敷は鷹狩りの際に使われる別荘だ。向坂先生の尚理堂とも近く、小半刻《こはんとき》で往復できる。

「城内には、当初、軽いとみられた御藩主の負傷が想いの外《ほか》長引き、治療に専念されることになったと触れる。これで無駄に隠し事をせずに済む」

考えたものだ、と私は思う。療養されることまで内密にすれば、御藩主が常と変わらずに過ごされているように装いつづけねばならない。隠さねばならぬことが格段に増える。つまりは、明かるみに出る虞《おそれ》も格段に増える。だから、内聞とはいっても、ご療養そのものは明きらかにする。父はそこまで考えを進めている。思いつきで内聞を口にしたのではないようだ。療養を怪我の治療としたのもよい。怪我ならば外科の縄張《なわば》りだから、漢方の藩医を刺激することがない。仙草屋敷に注がれる彼らの目は、自然と粗《あら》くなろう。

「しかし、屋敷で全身麻酔による痔瘻の手術を行うことは厳に伏せる。あくまで従来どおりの、疵《きず》の治療とする」

口調は変わらぬが、一語一語に芯《しん》が宿る。繰り返し練り上げてきたことを語るときの物《もの》言《い》いだ。どうやら、父は私に腹案《ふくあん》を持ちかけているのではなく、決定を伝えているらしい。

「治療に当たる医師の名はどうされますか」

ならば、私も聴き方を変えねばならない。父の決定に隠れる疵の一つ一つに、陽を当てていく。

「伏せる。これまでも療養される際に、いちいち医師の名までは明きらかにしてこなかった。その習いを踏襲する」

それで、向坂清庵の名はとりあえず隠れるだろう。でも、とりあえず、だ。仙草屋敷に出入りする向坂先生の姿を隠し通すことはできぬと考えねばならない。万に一つの事態に至ったとき、先生の名が浮かび上がってこぬか……。

「ただし、今回は、裏で、高名な江戸の蘭方外科医を招いたと流す。別段《べつだん》の伝《つて》で頼み込んだ外科医をな」

裏からの内報は、狭いけれど深く伝わる。深く伝わって、じわじわと広がる。広がっていく過程で、もっともらしい憶測が層をつくっていく。おそらく、父の思惑通りに進めば、憶測は次のように重なっていく。

曰《いわ》く、別段の伝まで使ってわざわざ江戸から招くのだから、おそらくその蘭方医は幕府の奥医師か、あるいは奥医師に等しい医師なのだろう。

曰く、地元にも医師は多勢いるのに、そういう格ちがいの医師に頼るということは、実は相当に状態がお悪いとしか考えられない。

曰く、ひょっとすると、万が一のこともありうる、と覚悟しておかねばならぬということだ。

曰く、しかし、もしもそうなったとしても、格ちがいの医師に責任を問うことはできまい。やれるだけのことはやったと、得心せねばならぬだろう。

「不測の事態に至ったときの医師の責任は、その高名な江戸の蘭方外科医に取っていただくということだ」

父はつづける。

「裏の内報のなかにしか存在しない医師にな。存在したとしても、責任を問えない医師だ」

父は高潔を絵に描いたような武家で、私はけっして偽《いつわ》りを口にするなと厳しく躾《しつけ》られて育った。が、小納戸頭取になった父は時として至極《しごく》滑らかに偽りを言った。十三、四の頃の私がそれを質すと、父は「あれは偽りではない」と言った。ならば、何かと問うと、「願い」だと言う。「願うしか救いようがないときに禁句はないのだ」と。あのときは父の言葉がわからなかったが、十代の後半になって、「願うしか救いようがない」ことが重なり、ああ、このことか、と思った。だから、二十八歳になったいまの私には、父の語る内聞は虚偽《きよぎ》でも姑息《こそく》でも狡知《こうち》でもなんでもない。御藩主が落命されたとしても向坂清庵先生が無事であることを、父は、私は、心底より願っている。そこに「禁句はない」。

「裏の内報では、その『高名な江戸の蘭方外科医』が表に立つとして……」

私は詰める。

「実際に治療に当たるのは向坂先生です。姿を認める者も出るでしょう。先生の扱いはどうなさるのですか」

間を置かずに、父は答える。

「貴人の治療は医師二人で行う」

それが習わしだ。見立てに念を入れるという意味もあれば、不慮の事故で一人が施療をつづけられなくなった事態に備えるという意味もある。

「向坂先生はもう一人の医師として、補助に回っていただくという筋にする。主治医はあくまで『高名な江戸の蘭方外科医』で、向坂先生は地元の医師として主治医を支えるという立場だ。それなら、仙草屋敷で姿を見られてもおかしくはないし、万に一つの異変が起きても、先生には風が当たりにくいと思うのだが、どうだ」

「よろしいのではないでしょうか」

だんだん、父の内聞が妙手に思えてくる。

「ただ、逆の場合はどうされますか」

「逆?」

「手術が上首尾であった場合です。御無事であることはもとより、完全に快癒《かいゆ》されたら、その栄誉はやはり『高名な江戸の蘭方外科医』へ行くのですか」

「いや、それはない」

即座に父は答える。

「『高名な江戸の蘭方外科医』はあくまで不測の事態への備えだ。成功すれば、話はまったくちがってくる。そのための裏からの内報だ。状況しだいで、いくらでも変えられる」

「どのように?」

「それを決めるのは我らではない」

きっぱりと、父は言った。

「向坂清庵先生ご自身だ」

「先生ご自身?」

「同じ華岡流外科の系譜に連なる師弟でも、本間先生と向坂先生では麻酔に関する考え方に差があるらしいな」

「はい」

もとより、向坂先生は師の教えに盲従《もうじゅう》するような凡庸《ぼんよう》な医師ではない。

「本間先生は症状によっては麻酔を用いません。これに対して、向坂先生は手術をするからにはすべて麻酔が原則です。痛みそのものが体力を消耗させて、生きる力を弱めるという考え方をお持ちだからです」

「儂もそれを知ってからは、御藩主には向坂先生のほうが合うと判じた。実はな……」

おもむろに、父は唇を動かす。

「御藩主は痛みにお弱い」

「痛みに、お弱い……」

「それも、尋常ならざるほどにお弱い。痛みとなると、幼児よりもお弱いかもしれん」

蘭書を収集する御藩主は、弓の名手としても聞こえている。世の中には、射手《いて》としての御藩主のほうが知られているかもしれない。国持ち大名のことを弓取りと呼ぶくらいだから、つまりは武人《ぶじん》としての名のほうが通りがよいということだ。その武人が、痛みにお弱い……。小納戸頭取の父しか知らぬ、御藩主の顔だ。

「弓に励まれたのも、御藩主の稽古《けいこ》とはいえ、剣術では打撃を受ける虞が皆無ではないからだ。それで、相手のいない武術ということで、弓に打ち込まれた。むろん、痛みを恐れただけではない。痛みで我を無くす己れを人目に晒《さら》さぬためだ。御藩主だ。わが国の武家の首領だ。たとえ片腕斬り落とされても平然としていなければならぬ。なのに、わずかな打撃で取り乱したら、即、藩主失格である。それを誰よりも知り抜いている御藩主が手術を覚悟された。この意味はわかるな」

「はい」

私は大きく息をしてから答えた。痔漏の薬線緊紮は数回に及ぶ。徐々に痔漏の壁を壊死させて直腸、肛門と一体にする。とはいえ、壊死だけで一体にするのは時がかかりすぎる。で、断裁できる薄さになったところでメスを使うのだが、医師によってはこのときだけ麻酔を用いる。が、今回の手術に限っては、薬線緊紮のために最初に糸を通すときも麻酔を施さなければならぬ。痛みを消すだけではない。御藩主が御藩主のままでありつづけるための麻酔なのだ。となれば、やはり、医師は、麻酔の名手であり、手術には麻酔を必須《ひっす》とする向坂清庵先生しかいない。

「しかしながら……」

それでも、幼児よりも痛みにお弱いとなれば、問題は残る。

「薬線緊紮は文字通り、壊死を促す薬を浸み込ませた糸で、痔漏の孔と肛門をきつく縛ります」

　私は唇を動かす。

「したがって、痛みは術後もつづきます。その痛みも考慮に入っておりますか」

「それだがな」

　ひょっとして想定していないのではないかとも危ぶんだが、そうではなかった。

「儂は御藩主がまだ嗣子《しし》であらせられた九歳のときから御側《おそば》の御勤めをさせていただいている」

　父はまだ三十八歳だった。二年後、嗣子だった御藩主が御家を継がれてからも、引き続き近侍《きんじ》し、以来、二十四年、ずっと小納戸頭取を勤めている。

「それを察したのは、半年が経った頃だと思うが、痛みといっても一様《いちよう》ではないのだ」

「一様ではない……」

「御藩主がお弱いのは、打撃のように、不意に襲ってくる痛みだ。そういう、いつやって来るかわからぬ痛みが繰り返されると、幼児よりもお弱くなる」

　まさに、手術の痛みだ。

「だが、同じような強さでずっとつづく痛みは堪えることができる。儂もその事実に気づいたときは意外というよりも、不思議と感じた。痛みが一つではないとは想ってもいなかったのでな。で、御藩主に伺ってみたら、そのとおりだと仰《おお》せられる。それは、いまもお変わりない」

「ならば、手術さえ乗り切れば……」

「懸念には及ばぬと、御藩主は言われている」

『瘍科秘録』は術後の強い痛みにも言及している。その『瘍科秘録』を読み込んだ御藩主の言《げん》であれば、信じてよいのだろう。

「いささか回り路《みち》をした」

父は言うが、私は回り路をしたとは思わない。手術を前にした御藩主の心情を私に伝えるために、あえて話を痛みに持っていったのだろう。父は口にせぬが、御藩主とて、痛みへの弱さを克服するために辛苦《しんく》を重ねられたはずだ。御藩主の弓の腕前からすれば、剣を取っても相当の技倆《ぎりょう》に達したはずである。少年の頃ならとりわけ、存分に剣の稽古に励みたかっただろう。だから、痛みに耐える稽古をも積まれたはずなのだ。なのに、叶《かな》わなかった。きっと、御藩主が痛みにお弱いのは、生まれながらの素地《そじ》と言ってよいのだろう。意志や努力ではどうにもならぬものなのだろう。それがいつなのかは知らぬが、少年の頃ではあろう、竹刀を遠ざけて、手に取るのは弓のみと覚悟されたときの御藩主のお気持ちが、お労《いたわ》しくてならぬ。

「そのように、麻酔を躊躇《ちゅうちょ》なく使うことを広められている向坂先生だ」

父はつづける。

「御藩主が麻酔下での手術を受けられ、完治されたとなれば、その報は、先生がなさろうとされていることの絶好の後押《あとお》しになろう」

「たしかに」

「だから、あくまで手術が上首尾であった場合ではあるが、先生がみずから執刀されたことを明きらかにするのをお望みとあらば、我々としては公言するのになんら異存はない」

「そうなのですか」

「ああ、御藩主もその御意向だ。どんどん己れの手術を麻酔の広めに使ってくれと仰せになっている。それも御礼の内であるとな」

痛みにお弱い御藩主ならではの思慮だろう。同じ痛みに弱い者たちの辛《つら》さを、少しでも和らげたいのだ。

「先生のお気持ちはもう、お聞きしましたか」

「いや、それは、完治がたしかめられてからだろう」

もっともだ。

「だがな……」

ひとつ息をついてから、父はつづけた。

「必ずしも向坂先生が公言を望まれるとは限らんぞ」

「ほお……」

ただの推測とは思えぬ物言いだ。

「それは、なぜ？」

「先刻、貴人の治療は医師二人、と言ったがな」

「ええ」

「先生はお一人での執刀を望まれている」

「お一人で……」

「というよりも、お一人での執刀が手術を引き受ける条件だ」

「それはまた、なにゆえに？」

二人の方が手は楽なのではないか。気持ちの負担だって、幾分かは軽くなるだろう。

「いつも一人でやっているので、成功を期すためにも慣れたやり方でやりたい、とおっしゃっていたが……」

「さようですか」

そこも、向坂先生の、並ではないところか……。

「表向きであろう」

すっと、父は言った。

「表向き……」

「先生は我々にも増して、状況を厳しく捉《とら》えられている」

「だから、お一人で、と」

ならば、余計に、二人のほうが心強いのではないのか。

「手術が不首尾で終わった場合、責めを負うことになるのを覚悟されているのだろう」

「つまり、医師二人の習わしを踏襲して、知った医師に応援を頼んだとしたら……」

私は言葉を挟まずにはいられなかった。

「不首尾となったとき、その知った医師を巻き添えにしかねない、と考えられているということですか」

「おそらくな」

それで、お一人か……。ならば、先生はすでにして、一命を抛《なげう》っているということではないか。

「この件を、御城代は?」

とはいえ、先生はそのご覚悟でも、御城にはまたちがう考えがあろう。父が内聞を決めているということは、すくなくとも御城代はすでに内聞を了解されているはずだ。しかし、一人の医師についてはどうか……。過去に例のないことを好むお偉方《えらがた》はいない。前例を破れば、すべての責任が己れにかかってくる。

「承知されておる」

けれど、父は言う。

「一人の手術を受け入れられたのですか」

「当然、当初は反対された。折れたのは、御藩主が頑として退《ひ》かれなかったからだ。なんとしても向坂先生の執刀を望まれた。裏の内報を医師二人にしたのは、それもあってのことだ。裏とはいえ表の達しはないから、裏が表になる。表向きは医師二人ということだ」

父が詰めに詰めたのがわかる。けれど、訊かねばならぬことはまだある。

「では、助手は？」

「助手もまた然《しか》りだ」

やはり……。

「つけぬそうだ」

「しかし、それでは肝腎の手術に不具合が生じる心配がありませんか」

先生の覚悟はご立派だ。武家でも、そこまで腹を括《くく》れる者はそうはいまい。しかし、それで人を生かす術に支障が出たとしたら、医師としての向坂清庵の名折れにならないか。

「儂もそう考えた。で、あえて質した」

「なんと」

「向坂先生の家は祖父の代まで金創医《きんそうい》だったそうだ」

金創医は戦さ場で、刀創などを手当てしてきた医者だ。

「さようですか」

医師の序列は触る血の量で決まるとも映る。血とは無縁の漢方内科医が頂きで、血塗《ちまみ》れの兵士と対する金創医が底だ。彼らのなかには、蘭方以前の南蛮《なんばん》外科や古流を学んだ者もいたらしいが、多くは合戦の経験を重ねるなかで自《みずか》らそれぞれの流儀を築いていった。だから、金創医を医師と認めぬ者も少なくない。

「初めて知りました」

向坂先生に関しては、父よりも話す機会が多かっただけに、父から知らされたのは意外ではあった。

「大方の医者ならば触れぬ出自《しゅつじ》をあえて明きらかにするのは、なにも整わぬ戦さ場で、ありとあらゆる戦傷《せんしょう》にたった一人で立ち向かう金創医の気概を忘れぬためだそうだ。だから、術式も一人での手術を前提に組み立てられている」

「しかし、少なくとも、手術中、患者の躰を保持する者は要るでしょう」

「たしかにな。身動きひとつせぬくらい、麻酔の技を研いでこられたとはいえ、保持する者は要る。その者たちについては、今回は通常の患者ではないゆえ、こちらから出してほしいとのことだ」

「何名、でしょう」

向坂先生の言だ。すべて真ではあろう。真ではあろうが、その真のなかには、有為《ゆうい》の若者を巻き添えにしないという真も入っているだろう。

「二名だ」

「心当たりの者は居《お》りますか」

私もこちらから出すべきとは思う。でも、誰を……。生強《なまじ》いの者では内聞が崩れかねない。

「居る。絶好かどうかはわからぬが、他に見つからぬ」

父は腹を据えて見える。

「何者でしょう」

「決まっているではないか」

すっと父は答えた。

「儂と、おまえだ」

◆◆◆

父と私の境遇には、重なるところが二つある。

一つは嗣子ではなかったにもかかわらず嗣子となったことだ。

父は三男、そして私は次男だった。二人と一人のちがいはあれ、上の兄が若くして逝《ゆ》かなければ、永井の家の跡取りとなることはなかった。

二つ目は、跡取りの病死によって呼び戻される前、二人とも医師になる道を歩んでいたことである。

父は十六のとき宇田川玄随先生に、私は十七で漢方折衷派の久保《くぼ》守清《もりきよ》先生に師事し、父は二年、私は一年半だけではあるが、医者修業をした。

ただし、医師を目指した理由はずいぶんちがう。

十二歳のとき、父は高熱が出て医者に見放されたことがあったらしい。

医者が祖父に、〃もはや望みはないから覚悟しておくように〃と話しているのを、床《とこ》に臥《ふ》せながらはっきりと耳にしていたそうだ。

でも、熱はあっても、寿命が尽きようとしているほどに、自分が重篤《じゅうとく》であるとは感じられない。

〃そんなことはない〃と強く言いたかったが、声にはならない。

ならば、と起き上がろうとするのだが、躰は臥せったきりだ。

なにもしなかったら、自分は抗《あらが》うこともできぬまま亡者《もうじゃ》にされてしまうだろう。

幾度も必死で声を張り上げようとする。

けれど、喉《のど》に力を込めるたびに、口を開けることすらできぬ己れを思い知らされる。そのとき感じた恐怖が、父を医の道に駆り立てたようだ。

医者のなかには、この患者は難しいと見切ると、そそくさと手を引く者が居る。患者を死なせた医者、という悪評を立てられて、医業が立ち行かなくなるのを阻《はば》もうとするのだ。

おそらくは、その手の逃げる医者だったのだろうが、結果として、投薬を打ち切られたことが逆に回復につながり、父は命をつないだ。

そして、父は念じた。

医者という他者に頼ってはならぬ。自分のことは自分で救わなければならぬ、と。

幸か不幸か、父は三男で、家督《かとく》を継げない部屋住みだった。

日頃から〝坊主になるか、医者にでもなるか〟などと揶揄《やゆ》されるのが部屋住みだ。武家が医師を志したって、誰も違和感を覚えない。

父は心置きなく医書を貪《むさぼ》り読んで、師事すべき医者選びに没頭した。

そうして、篩《ふるい》の網に残ったのが『西説内科撰要』であり、宇田川玄随だった。

父の本気は、まっしぐらに西洋内科の宇田川塾の門を叩《たた》いたことに露《あら》われている。

いまでこそ、そういう医生も奇異ではなくなったが、当時はちがった。

宇田川塾の入門者が少なかったというのではない。入門者はたくさんいた。

ただし、あらかたが漢方の修業を終えた者だった。最初から蘭方を見据えている者でも、まずは漢方医の門を叩くのが通例で、いきなり蘭方から入る者は稀《まれ》も稀だった。

理由として、よく言われるのは、蘭方を学ぶにしても、漢方医としての素養を修めていたほうが飲み込みが早い、ということだ。

和蘭の医書の翻訳書といえば、なにやら横に並んだ文字を想起するが、実際はほとんどが漢文で叙述されている。医書に限らず、学術に関わる書物は漢文と決まっていて、あの『解体新書』にしてからが漢文だ。だから、まず漢方の修業を積まないと、蘭方の医書が読めぬことになるというわけである。他にも、蘭書の翻訳に当たるにしても、医の素養が備わっていれば意味を類推しやすいなどと言われたりするが、いずれの理由も、すっと腹には落ちにくい。

漢文の読み書きなら、漢方でなくとも学べるし、意味の類推ならば、陰陽五行に基づく漢方の素養はむしろ邪魔になりかねない。現に、まだ安岡璘《やすおかりん》を名乗る若き古方医だった玄真先生が、みずから註解《ちゅうかい》した『傷寒論《しょうかんろん》』をひっさげて初めて宇田川塾を訪ねたとき、玄随先生は人体の内景を明きらかにしない医学には意味がないとして、手に取ることさえしなかったという。

古医方は漢方だが、〝親試実験《しんしじっけん》〟を掲げる点で、蘭方とも通じるところがある。みずから試して確かめてみる構えに重きを置くのである。『傷寒論』はその古医方の聖典とも言うべき書であるにもかかわらず、問題外とされた。古医方もまた、内景を究めようとはしなかったからだ。

なのに、あらかたの医生が漢方から入るのは詰まるところ、後戻りができるようにしておく、ということなのだろう。

医師に資格は要らない。代わりに、たしかに医師であると証するものがない。だからこそ、重要になってくるのが学統だ。どの流派の、誰に師事したかを明きらかにすることで、医師としての己れを世の中に知らしめる。で、漢方が意味を持つ。

医師の証《あか》しとしての学統の値打ちを比べるなら、新しい蘭方よりもずっとつづいてきた漢方のほうに分《ぶ》がある。だから蘭方を目指すにしても、まずは漢方の学統を押さえて、医師としての暮らしが成り立つようにしておくというわけだ。

医生ならば誰もが歩むこの常道を、父は踏まなかった。脇目も振らず、宇田川玄随先生の門を目指した。

父にしてみれば、余計な回り路をしている暇はなかったのだろう。父は通り一遍の医者になるつもりはなかった。和蘭の医書を原書で理解する蘭方医になろうとした。時はいくらあっても足りなかった。

そうして蘭書にのめり込んで、付録の一冊でも訳してみようかというところまで来たとき、父の修業は不意に終わりを告げた。

長兄亡きあと嗣子となっていた次兄が風病《ふうびょう》で逝き、そして、玄随先生も師事してまだ二年しか経たぬのに、四十三歳の若さで亡くなったのである。

その三十四年後、父が次男の私を久保先生の許《もと》へ送り出そうとしたとき、私はまだ父がかつて宇田川塾の門人だったことを知らされていない。知っていれば、自分の無念を晴らすために息子の私を医者にしようとしていると疑って、素直には話を聴けなかったかもしれぬ。が、知らぬ私は部屋住みらしく、かしこまって耳を傾け、聴き終えたときは、ならば〝医者にでもなるか〟と思った。

父が選んだ入門先の久保守清先生は、名医の誉れ高かった和田東郭《わだとうかく》先生の高弟である。折衷派とはいっても漢蘭折衷派ではなく、古医方と後世方の折衷で、純然たる漢方医だ。父はまっしぐらに西洋内科を目指したが、息子の私には蘭方医になるための〝常道〟を歩ませたことになる。同じ部屋住みでも、父はみずからの強い意志で医師を目指したが、私は父から勧められるままに漫然《まんぜん》と医の道へ踏み出した。そんな私の頼りない覚悟を見透かして、〝常道〟を選んだのかもしれぬ。

とはいえ、和田東郭直伝《じきでん》の、古医方だろうが後世方だろうが患者が治りさえすれば良い医術、という実地診療優先の流儀は私の気分にすこぶる合って、私はすっと生と死の織り成す世界へ入り込んでいった。この世には「願うしか救いようがない」ことがあるのを知ったのもあの頃だ。

そうして、私の裡《うち》から〝漫然〟が消え、蘭方も視野に入ってきたとき、長兄が大人の麻疹《はしか》で他界し、私の医者修業もまた一年半で終わった。

父と私は、実はまったく異なるのに、傍《はた》から見れば、同じとしか映らぬ成り行きをたどって、武家の嗣子となったのである。

そういう経緯を含めて、たしかに、来たるべき手術において御藩主を保持する者二名を藩内から出すとしたら、父と私しかありえなかった。

父と私は関口《せきぐち》流の流れを汲《く》む柔術も修めていて、捕手《とりて》術を得意としていた。むろん、素手で相手を組み伏せる捕手術と、患者を保持する動作の要領が同じとは思わぬが、向坂先生を患者役にした稽古では、先生からたいへん勘がよいと褒められた。動こうとする間もなく押さえられている、と。

とはいえ、真《ま》っ新《さら》な手術台で、病んでいない先生の躰を保持しただけで、いい気になるわけにはいかない。

手術を受ける患者は前日から食を断ち、ムクロジなどで浣腸《かんちょう》を施すようだが、肛門を扱う手術となれば、腹の中身が漏れ出したって不思議はない。麻酔下にある患者の躰を保持するだけのたわいなげな仕業ではあるものの、やはり、実地の場に臨めば予期せぬことも多々あろう。一度だけでも体験したいものだと思っていたら、手術を十日後に控えた九月の二十日、寄合《よりあい》を終えた向坂先生がぽつりと言った。

「明後日、尚理堂で痔漏の薬線緊紮があります」

先生の日程は常にいっぱいだ。数多《あまた》の病《や》める者が、先生の医療を待望している。

「朝四つから麻沸湯の投与を始めて、常のとおりならば午九《ひる》つより手術に入りますが、押さえてみられますか」

思わず、父と顔を見合わせた。

「もとより！」

声をそろえて言った。

「手術の感覚と流れを知っておくためにも、一度、手術室に身を置かれたほうがよろしいかと思い、お声がけをしてみました」

「願ったりです」

「本来なら、麻沸湯の投与の様子《ようす》もご覧いただければと思うのですが、患者は百姓なもので、御城の方々が側におられたのでは緊張で麻酔に入りづらい。ですので、麻沸湯が効《き》いて手術室に運び入れるところで加わってください」

「承知しました」

「それでは、ひととおり、当日の私の手順をお伝えしておきます」

「それは、手術の、ということでしょうか」

「はい。私が手術中なにをしているのか、わかっておられたほうが、お二人も用意がよいでしょう。実際に手術をしながら解説することは難しいので、いま、お話ししておきます」

その申し出が、まさに向坂清庵流だ。先生の流儀は、患者は黙って医者に従っていればいいとする流儀の対極にある。患者にも、患者の家族にも、これから施そうとしている治療がどういう治療で、なぜ、その治療が必要なのかを丁寧に説く。先生が言われるには、患者のみならず、すべての治療に携わる者と「理解を同じくしておく」ことは、万能の特効薬なのだそうだ。「良いことばかりで、悪いことがなにもない」と。「医師にとっては、秘術が洩れる虞があるのではないですか」と問うと、即座に「逆ですよ」と答えた。

「医術が洩れる害よりも、〝秘術〟などと称して守り抜く害のほうがよほど大きい。その場にじっととどまって、己れの進歩を拒むことになるからです。言ってみれば、〝秘術〟を謳《うた》う医者は己れの墓穴《ぼけつ》を掘っておるのですよ。第一、医術が洩れるのは害ではありません。言葉を換えれば、広まるのです。広まって、医療全体が進歩する。全体が進歩すれば、先を行く者はさらに高い場に達することになります。それを繰り返して、医療はより病める者のためになっていく」

で、父と私も、先生と「理解を同じく」した。

「すでに、私を患者役にした稽古を通じてわかっておられるとは思いますが……」

先生は淀《よど》みなく説いていく。

「まずは、手術台の上に、私に背中を向けるようにして患者を側臥位《そくがい》に据えます」

たしかに稽古では、先生は常に横寝《よこね》の形で横たわっていた。

「頭はどちらに向けますか」

初歩の初歩を、一から確かめる。初歩ほど、医書には出ていない。

「躰の左側を下にして据えますから、患者の頭が私の左手、足が右手の向きになります」

稽古のときも左側が下だった。

「左が下と決まっているのでしょうか」

「いえ。右側が下のこともあります。今回の患者は漏口が左側の尻に開いているので、躰の左が下になるのです。御藩主と同じです。御藩主も左側に開いているので左が下です」

「なぜ、漏口が左の尻だと、左側が下の向きになるのでしょう」

「良い質問です」

先生は「なぜ」を喜ぶ。

「それは、そうすれば、肛門が漏口の上になるからです。なぜ、漏口が下で肛門が上なのか……。見ていただいたほうが早いので、使う道具を持ってきました」

先生は傍《かたわ》らに置いた布の道具入れから、曲がった鉄《かね》の棒を取り出した。先っぽに釣り針を太くしたような丸い留め鉤《かぎ》が付いている。

「彎測瘡子《わんそくそうし》。湾曲させた消息子《しょうそくし》です」

「これが消息子ですか……」

医書では知っていたが、実物を見るのは初めてだ。

「刺し傷のように、外からは見えない孔の向きを測る道具です。孔の消息を測るから、消息子なのかもしれません。痔漏の場合は孔が曲がっているのがふつうなので、湾曲させたものを用いるのです」

父と私は代わる代わる彎測瘡子を手に取る。掌《てのひら》で手術室を感じる。

「薬線緊紮の術の流れをごく簡略にお伝えすると、まず消息子を漏口から挿入し、孔の向きに従って押し進めていきます。そうして肛門管の内に抜けたのを察知したら、左手の人差し指を肛門から差し入れて、露珠《ろしゅ》というこの留め鉤を探るのです。当たったら、指先を引っかけて、肛門の外へ引っ張り出します」

父と私は耳に気を集める。

「このとき私は、フノリを湯に溶いたものを肛門にも人差し指にもたっぷり塗り込んでいます。指の出し入れを容易にするためです。私がフノリを使い出したら、食指《しょくし》を入れようとしていると思ってください」

先生の言《げん》は絵として伝わる。

「そうして露珠が外へ出たら、水引きほどの太さの糸の先を結びます。これが薬線で、こよりを巻き込んだ糸に、腐食剤の緑青《ろくしょう》や焼き明礬《みょうばん》などを染み込ませたものです。結び終えたら、元の漏口へ消息子を引き戻して、出たところで糸を外します。これで、漏口と肛門が糸でつながったので、この……」

と言って、先生は先ほどの道具入れから、一寸ほどの長さの、紙を巻いて筒にしたものを取り出した。太さは筆の軸くらいだ。

「枕《まくら》と言いますが、この枕を漏口と肛門の真ん中に据えて、その上で糸を固く結ぶのです。あとは、糸が喰《く》い込む力と、糸に染み込ませた腐食剤が硬くなっている痔漏の壁を壊死させてゆきます」

薬線緊紮、という言葉がくっきりとする。

「で、漏口を肛門の下にする理由に戻りますが、複雑な動きを求められるのは消息子を操《あやつ》るほうの手です。ですから、私は利《き》き腕の右手で握るのですが、下から上へ動かしたほうが肘《ひじ》の自由さが増して操りやすいのです。それに、左手で露珠を取り出すときも、引き上げる動きになるので感覚として違和感がありません」

興味深いことに、細かい部分の理由が明きらかになるほど、手術の全体が見渡しやすくなる。部分には全体が宿っているかのようだ。向坂先生が「理解を同じくする」のも、あるいはそれが理由なのかもしれない。

「この薬線緊紮で、患者が痛みのために麻酔から醒《さ》めてしまうとしたら、消息子が痔漏の孔から肛門管へ抜けるときと、枕の上で糸を結ぶときです。とりわけ、消息子はすっと抜けるわけではありません。なかなか肛門管へ出ない例が多々あります。ここで手間取ると痛みが長引いて麻酔から醒めかねないので、たとえ強い痛みを伴っても一気に突き抜くようにして、速やかに済ます。このときは口で言いますので、そのつもりでいてください」

まだ話だけなのに、父も私も気を張り詰める。もしも、そこで麻酔から醒めれば、幼児よりも痛みにお弱い御藩主が曝《さら》されることになる。

「これまで麻酔から醒めた患者はおりますか」

父が問う。

「話には聞いたことがありますが、私についてならば、ありません」

もしものときに備えて、先生に御藩主が痛みにお弱いことを告げるか告げぬか、ずっと二人で論じ合ってきた。結局、告げずに、先生ならではの麻酔の技に懸《か》けるということで、いまのところは落ち着いている。

「明後日に行うのは、この薬線緊紮までです。傷の治りからすれば、薬線緊紮だけで痔漏の壁が消えればよいのですが、それでは治療が長すぎて仕事に差《さ》し支《つか》えが出るでしょうし、また、躰にとっても長すぎる治療は望ましくありません」

ひとつ息をついて、先生はつづけた。

「で、漏口と肛門とのあいだが三分から四分ほどに縮まったら、痔漏の手術のみに用いる痔漏刀で壁を切断します。痔漏刀もやはり湾曲して先端が丸くなっているので、切断にかかるまでの要領は消息子と同じです。漏口から差し入れて肛門管へ入れ、肛門から出す。ちがうのはそこからで、出てきた痔漏刀の先端を左手の親指と人差し指で摘まみ、両手を使って、やはり時をかけぬよう、ひと息で切断するのです。この断裁手術は二十日ばかり先になりますが、当然、痛みは強く、出血もあるので、心しておいてください。術後は、金創治療と同じ、膏薬による傷の治療になります」

断裁が終われば、こんどは手術傷の化膿との闘いが始まる。主役は膏薬だ。華岡流外科の評価が高いのは、膏薬治療に秀でているからでもある。世に知れ渡っているのは紫雲膏《しうんこう》で、膏薬といえば紫雲膏とされているくらいだが、紫雲膏は傷がまだ膿《う》んでいないときに用いる薬だ。華岡流の膏薬治療を伝える『用膏三綱領《ようこうさんこうりょう》』には全部で十四種類が収められていて、化膿以前から初期、中期、後期、そして快癒までの段階に応じて使い分ける構成になっている。私が息子の拡のために先生からもらっている膏薬もそのなかの一つで白雲膏《はくうんこう》と言うが、先生の白雲膏は華岡流の便覧のものとはまた少し組成がちがうらしい。

「今回の患者の痔漏の大きさですが……」

息子に行きかけた想いを、先生の声が引き戻す。

「漏口と肛門とのあいだが一寸七分。孔の長さそのものが三寸五分。御藩主よりも少し小さいですが、だいたい似たようなものです。手筈《てはず》としては、同じように進むものと考えてください。よろしいですか」

それからの二日、父と私は先生の説いた手順の手順を繰り返し頭に描きつづけた。

そうして、九月二十二日の午九つ、昏々《こんこん》と眠る患者の傍らに立った。

結果を言えば、父と私はほとんど役に立たなかった。

眼前で見る向坂先生の術はそれは柔らかく、滑らかで、淀みなく、消息子が肛門管へ抜けるときも、枕の上で糸を結ぶときも、患者はぴくりとも動かなかった。

私たちは側臥位を保つためにそっと手を添えていただけで、動かぬように腕に力を送ることは一度もなかった。

呆気《あっけ》にとられるほど、早くも終わった。

まだ始まって間もなく、これからだと気を引き締めていたとき、先生の「終わりました」の声を聞いて、安堵《あんど》の深い息をつくまでもなく、患者から手を引いた。

手術台を離れた私は、これならば、御藩主の薬線緊紮も問題なく終えることができるかもしれぬ、と思った。

そして、あらためて、息子の拡もまた、この流れるような手術を受けたのだと思った。

生まれて間もない躰で受けた麻酔の過酷さを想わぬことはありえぬ。

それでも。

望みうる、いっとう負担の小さい治療と巡り会えたのだと、信じてよい気になれた。

忘れもしない、去年の十月三日の未明、私は誰かに呼ばれたような気がして目を覚ました。

半身を起こして、暗いままの座敷に人の気配を察してみるが誰も居ない。

けれど、再び横になる気にはなれず、立ち上がって襖《ふすま》を引き、廊下に目を遣《や》る。やはり、しんとしている。

ひと月ばかり前から、妻の佐江が初めての出産のために実家へ戻っているのだが、予定の頃が過ぎても連絡がない。それで、気にかかっているのだろう、とは思ったが、立っているうちにすっかり眠気は抜けている。

とりあえず水でも飲もうと思い、勝手へ足を向けた。

が、廊下を歩んでいる途中で、外の空気に触れたくなり、右へ折れて玄関へ向かう。

音を立てぬようにそろりと戸を引き、表へ出た。

陽はまだ射さぬが、城下を取り巻く低い山の形がわかるほどには東の空の藍《あい》が薄まって、
ふっと息をつく。

山際《やまぎわ》に眼を預けていると、寝間着ひとつの躰に早朝の冷気がすり寄ってぞくっとした。

寒さに促されて中へ戻ろうとしたとき、門の脇の潜り戸が小さく音を立てる。

眼を向けると、潜り戸が開きかけているが、私は不審に思わない。

そのとき私はわかったのだ。

佐江だ。

佐江が戸を開けようとしている。

私は足早に門へ向かう。

果たして、姿を現わしたのは、赤子を抱いた佐江で、私を認めるやいなや声を張り上げた。

「助けてください！」

私が応える前につづけた。

「この子を助けてください！　お詫《わ》びいたしますが、助けてください！」

「万事わかった！」

私はくっきりと言って、佐江の細い肩を抱える。赤子は綿《わた》入れに包《くる》まっているが、佐江は袷《あわせ》のみだ。

「とにかく入ろう」

なにがどうなっているのか、「万事」どころかなにひとつわかっていなかったが、そのとき眼前で起きていることがどんなに尋常とはかけ離れているか、そして、佐江にとってどんなに無謀なことであるかは、わかりすぎるほどにわかった。

佐江は武家の出ではない。城下から四里ばかり隔たった中屋敷《なかやしき》の名主、北澤平右衛門《きたざわへいえもん》の娘である。中屋敷村から永井の屋敷までは、女の足なら三刻《みとき》はかかる。真夜中の暁《あかつき》九つには、もう村を発《た》っていたということだ。月は新月《しんげつ》から間もない三日月《みかづき》である。光はひと筋で、闇夜に近い。初冬とはいえ、深夜の冷気は厳冬に迫ろう。そういう剣呑《けんのん》な野路を、赤子を抱いて歩き通した。

おそらく出産から日は経っていまい。

本来なら、ひたすら養生に努めなければならぬときだ。

「安産」は子が無事に生まれることを表わす言葉ではない。母親が死なずに出産を終えることを「安産」と言う。子は死んでも母親が生きていれば「安産」だ。それほどに、出産は母体を傷《いた》める。

久保守清先生の御母堂《ごぼどう》が、女の患者の絡みで、「産後の女の躰は化物ですよ」と言われたことがある。「悪露《おろ》やら、卵膜《らんまく》やら剝《は》がれた胎盤やら、わけのわからぬものが、次から次へと躰から出てくるのです。もしも、殿方《とのがた》が目にされたら、怖気《おじけ》づかれるかもしれませんん」。悪露は子宮に溜《た》まっていた血や下《お》り物だ。そういう「わけのわからぬもの」を排出させる理由のひとつひとつが、女親《おんなおや》の躰を病に転じさせかねない。女の死は日々の暮らしの傍らにある。

だから、産後の肥立《ひだ》ちは、ひと月半は取らねばならない。時をかけて、ゆっくりと丁寧に回復を図らなければならない。なのに佐江は、おそらく三日と経っていない躰で、霜の降りる夜更けの路を延々と歩きつづけた。

とにかく、冷え切った躰を温めなければならない。温めて、滋養のある物を摂《と》らせ、寝かせなければならない。

話はそれからだ。

私は赤子を預かろうとするが、佐江は放さない。両の腕が居着《いつ》いたかのようだ。私は赤子を抱く佐江を支えて玄関へ向かいつつ、炭やら湯婆《たんぽ》やら布団やらの算段をする。

とりあえず、奉公人は起こすまい。

医師修業の頃に、自分のことは自分でしていたので、なんとかなるだろうが、炭の置き場所は知っていても、湯婆がどこにあるかはわからない。武家の男子は湯婆など使わない。はて、どうしたものか……。

答が出ぬまま、行く手に目を遣ると、気配を察したのだろう、早々に袷に着替えた母の登志《とし》が玄関前に立っている。

そして、近寄ると、言葉は発さぬまま、すべて承知の顔で、私から佐江を引き取った。佐江も、母には赤子を預けた。十六のときから行儀見習いに来ていた佐江を永井の嫁にと望んだのは、私よりもむしろ母だった。「佐江の躰は柳のように細いですが……」と母は言った。「気持ちも柳のようです。しなやかで、強いです。あの娘は己れというものを持っている」。

母が敷いた、湯婆で温《ぬく》もった布団で、佐江は精根尽き果てたのだろう、眠りに落ちた。見届けた母は赤子のおしめの替えにかかり、終えると、ふうと息をついてから私に顔を向け、「居間へ」と言った。きっと……と私は思った。佐江が「助けてください！」と言った理由が語られるのだろう。

「男《おのこ》です」

居間に座ると、直ぐに母は言った。

「ちゃんと、おちんちんがありました。でも……」

でも、なにか……。

「お尻の穴がありません」

母の言はあまりに唐突《とうとつ》だった。

「穴がない？」

「ええ。ありません。確かめますか」

「はい」

母は手早くおしめをとり、私は穴のあるべき位置に眼を凝《こ》らした。幾度なぞっても、そのあたりは赤子らしい柔らかな皮膚で覆われていて、確かに穴がない。とはいえ、行灯の明かりはあまりに頼りない。手燭《てしょく》を取り出して蠟燭《ろうそく》に火を着け、具《つぶさ》に見ると、皮膚から二分ほど下だろうか、直腸の端《はし》と思《おぼ》しき灰色の影が透き通って見て取れた。

「もう、よろしいです」

動揺しなかったはずもない。が、直腸の影を認めた私の頭は、この状況でなにができるか、に向かって動き出していた。

「どうですか」

手早くおしめを戻して母は言った。

「確かに、ありません」

私は答えた。そして、ひと息、間を置いてからつづけた。

「鎖肛《さこう》、と思われます」

「さこう……」

「鎖《くさり》に、肛門の肛と書いて、鎖肛です。華岡青洲先生が鎖肛の病名をつけたとされています。直腸の端が肛門となって外へ開く前に、成長が止まってしまうのです」

「治るものなのでしょうか」

「病名がついたということは、医者が治す対象にしたということです」

私はくっきりと答えたが、確証はなにもなかった。ほとんど願望と言ってよく、母と、そして、自分に言い聞かせていた。治る、と。治るはずだ、と。

「穴こそ開いていませんが、直腸の端の影は見ることができます。然るべき外科医であれば治せるはずです」

己れの言葉を信じようとしつつも、頭は治療の困難さを察知していた。痔漏の手術ならば、肛門はある。漏孔を消せばよい。が、鎖肛は肛門がない。新たにつくらねばならぬということだ。いったい、どうやって……。切開して穴を開けただけでは、疵が治ろうとして、直ぐに塞《ふさ》がってしまうだろう。

「田沢村に向坂清庵先生という、蘭方外科では高名な医師が尚理堂なる診療所を開いておられます」

在村医師だが、岩ばかりではなく痔漏でも実績を積んでいると聞いている。鎖肛の治療に当たったことがあるかどうかはわからぬが、とにかく、診《み》てもらうしかない。まずは、そこからだ。治らぬと言われたら、治ると言う医者を探す。見つかるまで探す。本間棗軒先生なら治すことができるなら、江戸へだって行こう。

「これから参って、往診を頼んでくるつもりです。佐江も立ち会わなければなりませんから」

潜り戸の前で佐江が発した「助けてください！」という声がよみがえる。

「この子を助けてください！　お詫びいたしますが、助けてください！」

佐江の姿がない処で、先へは進まない。

「頼むだけなら奉公人でも済むでしょうが、それではいけないのですね」

「ええ、私から先生に直接、症状をお伝えしたいと思います」

「良い見立てであるといいですね」

「おそらく、良い見立てであったとしても、長きに亘《わた》る治療になるものと思われます」

「そうなのですか」

私の一年半の医師修業のあいだに、鎖肛の症例はなかった。それでも、数回の治療では済まぬことは感覚としてわかった。

「患者を多く抱えている医師なので、佐江の躰が戻ったら往診ではなく、二人で尚理堂へ通おうと考えております」

「往診ではなく？」

「ええ」

「繁盛している診療所なのですね」

「はい。患者が引きも切らぬと聞いております」

「武家の夫婦《めおと》が赤子連れで医師を訪れれば、人の目に立ちます。繁盛している診療所ともなれば、なおさらでしょう。いずれ、その鎖肛が噂になるやもしれませんが、それは覚悟しておりますか」

「はい」

わずかな時のあいだに、私はさまざまに考えを巡らせていた。

「こういうことはいくら伏せてもいずれは洩れて伝わってしまうものと存じております。中屋敷村のほうでも、赤子を産んだばかりの母親が夜更けに赤子ともども居なくなったのですから、騒ぎになっているでしょう。北澤の屋敷は奉公人も多いので、噂が噂を呼ぶかもしれません。伏せれば伏せるほど、逆に煽《あお》る結果になりがちなのが噂です。ならば、ただの病と捉えて自然に振る舞うようにしたい。いつも人の口に恐々《きょうきょう》としているような暮らしにはしたくないのです。それに……」

「それに？」

「先刻、潜り戸を開けた佐江は私を認めるやいなや『この子を助けてください！』と声を張り上げました」

「ええ」

「そして、『お詫びいたしますが、助けてください！』とつづけたのです。『お詫びいたしますが』です」

「さようですか」

「鎖肛の子を産んだのは自分の責めと思っているということです」

「無理もありません」

ふっと息をついて、母はつづけた。

「常と異なる子が生まれたら、それは女親のせい、というのは、記紀《きき》以来のこの国の悪《あ》しき習いですからね」

母は『古事記《こじき》』と『日本書紀《にほんしよき》』の『水蛭子神話《ひるこ》』のことを言っている。『古事記』は『水蛭子』で、『日本書紀』は『蛭児《ひるこ》』になるが、どちらも書かれていることはさして変わらない。女神《めのかみ》のイザナミと男神《をのかみ》のイザナギのあいだに、水蛭のようにぐにゃぐにゃで、手足も萎《な》えた子が生まれたことが、国産《くにう》みの段に記されている。子は神の子として認められず、葦《あし》の舟に乗せられて海へ打ち棄《す》てられた。その水蛭子ができた理由として、婚姻の儀式で『天《あめ》の御柱《みはしら》』を巡るとき、イザナミが陰である左ではなく、陽である右から回ってしまったことと、イザナギよりも先に歓《よろこ》びの声を上げたことが、天津神《あまつかみ》から語られる。つまりは、原因をつくったのは、すべて女神のイザナミが、陰である女の分を忘れたからということだ。『日本書紀』では直ぐに流さず、三年は様子を見たことになっているが、海へ流したことに変わりはない。以来、ヒルコは広く、常ならぬ子を表わす言葉となってきた。

「昔話ならいざしらず、この天保に至っても、いまだにヒルコ神話そのままの中身の教科本が出ています。ヒルコのような者が生まれたのは女のせいで、世の中の役に立たぬ者は流されても仕方がないというわけです。わたくしはその一点だけで、記紀を信用しておりません。生きる力が弱い子を、海に流す神がどこに居りますか」

母は家付きの娘で婿《むこ》を取ったわけではない。ふつうに嫁に入った。けれど、父の言うことに、黙って従うような女ではない。揺るぎない、己れの目を備えている。そういう母だから、私は語ることができる。

「ならばこそ、この子の病に関することは佐江任せにしたくないのです」

佐江の第一声が耳に突き刺さってから、ずっと考えてきた。それがなにかはわからぬが、自分がなんとしてもどうにかせねばならぬことが起きているのだ、と。いま、私はそれがなんなのかをわかっている。

「すべて、私と佐江と、子の三人で進めたい。そして、その姿を隠さずにいたいのです」

「そうすることで、佐江のせいではないのを伝えるということですね」

「はい」

「ならば、そうなさい」

きっぱりと言ってから、母はつづけた。

「きっと、わたくしの役回りも出てくるでしょう。こういうことが伝わると、わけのわからぬ者たちが、勝手に門前に立つものなのです。罪業《ざいごう》や穢《けが》れを祓《はら》うというお題目の歩き法師だったり、女の身持ちを導くと唱える旅の儒者だったり、いろいろです。女が女の味方をするとも限りません。常と異なる子を産むのは、産婦が胎教の調《ととの》えを無視したからだとする女訓書を著《あらわ》す女も居るし、そういう書に感化された女もたんと押しかけてきます。日頃はあなた方は御城ですから、そういう輩《やから》は佐江には相手をさせずに、わたくしが追い払いましょう」

「痛み入ります」

母の言葉がいちいち染み入る。

「佐江がこんな挙《きょ》に出たのも、おそらくは、周りの様子から、このままでは赤子を遺棄《いき》されてしまうかもしれないと思い詰めたからでしょう」

母は言葉を重ねる。

「あるいは、北澤のほうでも、これからどうするかで、兄弟等々が集まって寄り合っていたのかもしれません。そこでなにが語られていたかは知る由《よし》もありませんが、たまたま、それを目にした佐江は遺棄の算段をしていると見て取った……」

「私もそういうことなのかもしれぬとは考えておりました」

潜り戸から現われたときの、子を抱いた佐江の姿が目に浮かんだ。

「佐江がこの子をおぶって歩かなかったのは、けっして放さぬという決意の表われでしょう。もとより、まだ首の据わらぬ乳児ですから、おぶうのは禁物です。名主の娘で、傍らにはいつも奉公人がおりましたので、子をおぶうという習いも身につけておりません。けれど、それがおぶわぬ理由ではなかったはずです。奪われてはならぬという想いが、子を抱いて長い道程《みちのり》を歩き通させたのでしょう。おぶったのでは子が見えない。常に、己《おの》が目で見えるようにしておきたかったのです」

「不憫《ふびん》です」

母の目が潤んだ。そして、つづけた。

「北澤で寄合があったとしたら、なにを寄り合っていたのでしょうね」

「今年、ある儒者が『養生辨《ようじょうべん》』なる書を著しました。常ならざる子の出生を家筋《いえすじ》と結びつけて論じています」

「なんとのう、察しがつきます」

「おそらく、母上のお察しのとおりでしょう。常ならざる子が生まれれば、当の家や本家だけでなく、広く分家や眷属《けんぞく》の家名にまで傷がつき、そろって苦を抱え込むことになると言及しています」

「巷間、流布《るふ》していることを文字にしただけではないですか」

「おっしゃるとおりです。しかし、巷間、流布していることは、人々の素《す》の想いを孕んでいるのも事実です。私もまた、佐江と子との三人で尚理堂へ通うと決意を述べながら、一方で、父上や母上にご迷惑をおかけすることを案じております」

「なんの！」

いかにも、取るに足らぬという風で、母は言った。

「当家は譜代《ふだい》中の譜代である永井家の本家です。あなたは、そういう家の務めはどこにあると心得ておりますか」

物心《ものごころ》ついたときから、ずっと、それを問われて育った。

「周りがいかなる状況であろうと、正しい道を貫き通すことです」

答えるまでもないが、答える。

「そのとおりです。現実におもねるのは有象無象《うぞうむぞう》のやることです。覚悟をもって日々を生きておらぬ者たちの甘えであり、逃げなのです。そんな素振りの一つでも見せたら、永井家は永井家でなくなります。さながら泥田《どろた》に咲く蓮《はす》のごとく、俗に浸《つ》かっても俗に染まらず、清麗《せいれい》な花を咲かせてこその譜代筆頭であり、御城代といえども敬意を払わざるをえない家筋でありつづけるのです。腹の据わらぬ分家が口にするごちゃごちゃに、耳を貸す必要などさらさらありません」

泥田の蓮、は母の口癖だ。澄んだ水に綺麗《きれい》な花が咲くのは当たり前。泥に塗れても美しく咲いてこそ尊いのだ、と。とうに心底に刻まれているつもりだったが、そのときは初めて聴いたかのように胸に迫った。

「よしんば、常ならざる子を孫に持つ者が御殿様に近侍するのは差し支えがある、として御役目を解かれるなら、解かれればよいのです。たかが御役目ではないですか。子と母を守ることとの大事とは、重さを比べようもありません。あなたはそんなことに煩わずに、佐江と子のことを考えていればよいのです。それでこそ、永井の跡取りなのです。永井家を潰《つぶ》すのを怖《こわ》がっていたら、永井家の当主は務まりませんよ」

この子にはこの祖母が居て、佐江にはこの義母が居るのだと思った。なぜ母が「あの娘は己れというものを持っている」という理由で、佐江を永井の嫁と見込んだのかも、よぉく伝わった。周りに合わせようとする者では、蓮が枯れてしまうのがわかっているからだ。

胸の裡で母に手を合わせたとき、不意に襖が開いて、父が入ってきた。

「儂は除《の》け者《もの》か！」

屈託なさげに、笑《え》みを浮かべて言った。そして、両手を膝《ひざ》に付けて中腰になり、赤子に柔らかな目を向けてつづけた。

「こやつが初孫《ういまご》か。なかなかの面構《つらがま》えではないか」

たしかに、赤子の顔に弱々しさは見えず、病を感じさせなかった。

「言っておくがな、重彰」

赤子から私に目を移して、父は言った。

「こんなことで、儂が差し控えを命じられることはないぞ」

淡々とした風で言葉をつなぐ。

「御藩主は儂が居ないと弱られるでな」

たしかに御藩主が、父を頼りにされていることは伝わってくる。政《まつりごと》というよりも、己れの成立ちにおいて、父を必要としている。医の素養か、蘭学か、柔術か、譜代筆頭の家柄か……父のなにを、御藩主が入り用としているのかはわからぬが、ともあれ、いま、父が自賛を口にするのは、佐江と私への配慮でしかなかろう。

「が、仮に、命じられたとしても、どうということはない。おまえの母親はいつも正しいことを言う」

言葉の角をくっきりさせて、父はつづけた。

「今回はとりわけ正しい。しっかりと、母の言うことを守れ」

御藩主の薬線緊紮は、尚理堂での実習から八日後の、九月の晦日《みそか》に予定されていた。けれど、その四日前、藩校の慶智館《けいちかん》の門前でひと悶着《もんちゃく》あって、目付の私はその対応に追われることになった。

実はこの秋、慶智館は新たな一歩を踏み出した。蘭学が科目に加わったのである。藩校で蘭学を開講する藩は、いまに至っても多くない。蘭書が入手しやすい長崎《ながさき》に近い西国の藩を除けば数えるほどだ。

蘭癖の気味があるとはいえ、御公儀をおもんぱかって、あくまで気味にとどめていた御藩主が、数少ない例の一つとなる決断をされたのは、やはり、文政《ぶんせい》以来の支那の状況があるのだろう。

素の御藩主は義俠心《ぎきょうしん》がお厚い。が、日頃は、一つの性向が強く出るのは君主として望ましくない、という先代の教えを守って、表に出すのを自重されている。その御藩主が、支那に対する英吉利《エゲレス》の、阿片《アヘン》の押し売りのごとき暴挙には甚《いた》く憤慨されていた。

三年前、ついに戦端《せんたん》が開かれ、義のない英吉利が支那を制圧するに至って公憤《こうふん》止みがたく、これを他山の石として外憂《がいゆう》に備えるべく、蘭学開講に踏み切られたと思われる。日本が古代より鑑《かがみ》としてきた支那が、いとも呆気なく蹂躙《じゅうりん》されたことが、よほどの衝撃だったのだろう。

とはいえ、十七歳まで江戸で過ごされた御藩主と、地方の国に閉じこもる藩士との意識の開きはあまりに大きい。彼らにとって蘭学は、相変わらず蛮夷《ばんい》の学問だ。武家が学ぶなど、もっての外《ほか》である。加えて、天保十年以来の中央における蘭学圧迫の空気は地方にも流れ入って、いともたやすく圧迫する側に回ろうとする者が少なくない。父と私は医を通じて蘭学と交わっており、おのずと漢学との隔《へだ》ては薄いが、そういう目のままで藩内を測ったら、大きく判断を誤まる。

案の定、志望する者を募《つの》ったら、一人として手を挙げなかった。仕方なく、儒学の受講生の成績上位者五名を指名し、御藩主の御下知《おんげじ》であるとして、ようやく動き出したのである。

あるいは五名も拒むかと危惧したが、案に相違して素直に従った。さすが成績上位者らしく、支那の状況にも通じていたのかもしれない。なのに、募集に応じなかったのは、察するに、蘭学をやるとは言えぬ気配が藩内に満ちているということなのだろう。みずから願ったのではないという言い訳が用意されない限り、講義の席に着くことはできなかったのだ。

その〝やるとは言えぬ気配〟が、五名の初登校の朝に形となって現われた。蘭学開講に異議を唱える七名の受講生が、五名の前に立ちはだかって翻意《ほんい》を求めたのである。

本心では蘭学を学びたいだけに、五名は意外に骨があった。御藩主の御下知であるという名分《めいぶん》を盾《たて》にして従わない。で、通せ、通さぬの末、互いに、鯉口《こいぐち》を切ろうかという騒ぎに至った。

ことなきを得たのは、なんと蜂のお蔭《かげ》である。慶智館の軒下に巣をつくって越冬に備えていた蜂の群れが、激昂《げっこう》した声のやりとりに刺激されたのだろう、対峙《たいじ》する受講生たちを襲った。

途端に、どちらの側も柄《つか》から手を離して逃げまどい、結果として諍《いさか》いはなし崩しになったのだが、目付である私がそれでよしと済ませられるはずもない。

七名が御下知に背いたのは明白であり、そして、なによりも、背後で糸引く者が居るとすれば、四日後の仙草屋敷の警備についても、あらためて検討を加える必要が出てくる。で、当人たちを尋問するだけでなく、目付一統を繰り出して周辺をも洗ったのだが、いわゆる黒幕に当たる者の存在はまったく察知《さっち》できなかった。糸をたどれぬのではなく、そもそも糸がないとしか思えぬのである。

七名の齢《とし》は下は十八、上は二十一で、立派な大人だ。なのに、供述の中身は子供の言い草としか聞こえない。

誰もが口をそろえて言うには、前日の下校の道すがら、もろもろ喋《しゃべ》っているうちに明日の蘭学開講の話になり、夷狄《いてき》の学問を藩校でやるなど怪《け》しからぬではないか、という流れになったらしい。

ならば明日、ひとつ懲《こ》らしめてやるかということで決着して、そのとおりにしてみたら、意外にも相手が退かないので、行きがかり上、柄に手をかける仕儀《しぎ》に至ったということのようだ。まさか、退かぬとは想わなかった、と口々に言う。こっちは正道《せいどう》に導いてやろうとしているのに、聞かぬほうがわるい。あやつらは、江戸で高野何某《なにがし》とかいう蘭学使いが獄につながれているのを知らぬのか、と。

その「高野何某」がなにをしたか知っているかと問うと、夷狄に与《くみ》した不埒者《ふらちもの》、の一点張りで、医師であることすら知らない。渡辺崋山に至っては、名さえ知らない。話を合わせたにしては、言っていることがいかにも雑だ。背後になにも出てこないことと併せて、語ったとおりでしかないのだろうと判じた。

それで、ひとまず安堵した、はずもない。

逆だ。

七名の軽挙を生んだ土壌をひとことで言えば、蒙昧《もうまい》に尽きよう。

七名の語りに、深く考えを巡らせた跡は、まったく窺《うかが》えなかった。

彼らを動かしたのは、詰まるところ、これまでつづいてきた仕組みを変えてはいけない、とする盲信だけだ。

なんで変えてはいけないのか、は考えない。変えてはいけないから、変えてはいけない。

その頑迷《がんめい》が短絡を生み、壁をつくり、蛮夷、夷狄を生む。

敵でもない者を敵視する。

もしも、この土壌が広く、深く堆積《たいせき》しているとすれば、誰がいつ、今回のように、ただの思いつきで、事件を引き起こしたっておかしくない。

そのほうが、背後で陰謀が張り巡らされるよりも、よほど怖い。

もしも黒幕が居るとしたら、その黒幕に目を付けてさえいれば、事件を未然に防ぐこともできよう。

が、蒙昧という黴《かび》のごとき敵では、的《まと》の絞りようがない。せいぜい、警備を厚くするくらいしか手立てはなくなる。

だから、晦日の仙草屋敷の警備には、常にも増して気を張り詰めた。

屋敷の外を徒士《かち》目付で、屋敷の内を御藩主の間近でお護りする馬廻《うままわ》り役の番士で固め、向坂先生にも警護の者を付けさせていただいた。先生は、尚理堂と繁く往復しなければならぬから、といやがられたが、曲げてお願いした。

とはいえ、警備の者たちに、治療に当たるのが実は向坂先生だけ、と気取《けど》られてはならぬ。あくまで主治医は、『高名な江戸の蘭方外科医』なのだ。で、配置には頭をひねる。本来なら手術の支え役として、朝五つには備えるつもりだった私も、配置の徹底にぎりぎりまで目を光らせ、御藩主に近侍していた父の許へ向かったのは、朝四つの麻沸湯の投与間近だった。

とはいえ、私は投与を施す部屋には入らなかった。安《やす》んじて麻酔に入るには、立ち会う者も気の置けぬ者が望ましいということで、御藩主から全幅の信頼を寄せられている父一人だけが向坂先生と共に座敷へ入った。

麻沸湯は大人一人に二匁《もんめ》八分を煎《せん》じて投与するのが基本であり、通常は一刻《いっとき》で手術へ移る状態になると聞く。一刻半を経過しても効果が現われない場合は日を改めて、量を増やしたり、酒で煎じるなどの手立てを講じる。

御藩主はもともと、武家としては細《こま》やかなご気性《きしょう》であられる上、痛みにお弱いという気がかりをお持ちだ。麻酔にも入りづらいことが危惧されたが、先生によれば、気質の剛柔はいっさい関わりないらしい。麻沸湯との相性は一にも二にも体質であり、体質さえ合えば、名うての心配性《しんぱいしょう》もころりと眠る。

事実、別室に控えていた私も、一刻までまだかなり間があるうちに麻酔を施す座敷に呼ばれた。

「いや、なんの問題もなかった」

私を認めた父は、安堵の表情を浮かべて言った。

「通常は繁く尿意をもよおされたり、脈が速くなったり、あるいは妄言《もうげん》を口にされたりするそうだが、直ぐにうとうとされて、眠りに落ちられた。子供並みだそうだ」

子供は投与の量が少なくても早く効くらしい。御藩主は麻沸湯とすこぶる合う体質のようだ。私も心底よりほっとして、二人して御藩主を手術に使う部屋へお運びした。術後、直ぐにお休みになれるように、いつも寝所にされている座敷の向かいの部屋の造作《ぞうさく》を変えて手術室に充《あ》てている。

あとは、八日前の尚理堂での実習のままである。

御藩主の御躰を左側を下にして側臥位に据える。

「始めます」の声とともに、先生が彎測瘡子を手に取り、左尻の漏口に差し入れた。

先生の手技《てわざ》は過日にも増して柔らかく、滑らかで、淀みない。研がれた術は誰にも隔てなく施される。一国の藩主だからといって、先生の手が縮こまることはない。

彎測瘡子の先端の露珠がするすると進んで、肛門管へ抜ける口を探っていく。

私は御藩主の下肢を先生とは反対側から支えているのでお顔が見えるのだが、表情は和んだままだ。

安堵した私は先生に目を移す。

先生は手早いので、そろそろ、彎測瘡子を肛門管へ突き抜く合図の声がかかってもよい頃である。

けれど、唇は閉じられたきりだ。

あるいは、なにかしらの不都合が生じたのかと案じて再び御藩主のお顔に目を遣るが、変わるところはない。

斜向《はす》かいで上体を支えている父も不安を覚えたらしく、目を寄越《よこ》してきたので、私も麻酔は大丈夫という合図を目で返すと、小さくうなずいた。

と、先生が手は動かしたまま言う。

「抜けました」

いつもと変わらぬ、相手を落ち着かせる声だ。

「探っているうちに、するりと」

我々に合図を送る間もなく抜けたらしい。

「たいへん良い具合です」

言い終えた先生は、フノリの鉢に左手を入れた。すでに、露珠が出口に寄っているのだろう。

フノリ塗れの左の食指が肛門に滑り入って露珠を探る。

あっという間に探り当てて、露珠が肛門から引き出された。

先生は酢に浸しておいた清酢布《せいすふ》で手を拭《ぬぐ》い、露珠に薬線を結びつける。

彎測瘡子を漏口へ引き戻し、露珠が現われ出たところで薬線を切り離した。

用意していた枕を漏口と肛門の真ん中に置き、その上ですっすと、しかし、しっかりと薬線を結ぶ。

そのとき、支えている掌に、お躰の動きが伝わる。大きくはないものの、たしかに御藩主は動かれた。

もしも痛みで麻酔から醒めるとしたら、このときと前もって教えられている。己れの胸の鼓動を感じつつ御藩主のお顔に目を向けると、瞼《まぶた》は柔らかく閉じられている。思わず息が洩れて、再び、父に目で合図をした。

薬線を結び終えた先生は、布片を丸めたメイチャに破敵膏《はてきこう》をたっぷりと塗って漏口に挿入する。

破敵膏は、華岡流膏薬術に用いられる十四種類のうちの青蛇膏《せいだこう》と左突膏《さとつこう》を合わせた膏薬で、化膿を促しつつ排出させる。膿を抑え込むのではなく、むしろ、進んで出させるようにして、傷が快癒するまでの時を短くするのである。

「終わりました」

八日前よりもさらに短い。あらためて、向坂先生のような医師が、この地に医業を開かれていた幸運を噛《か》み締める。初めて息子の拡を診ていただいたときのように。あのときは閊《つか》えていた気道《きどう》が通った想いだった。

「寝所で休んでいただいてください」

廊下を挟んだ向かいの寝所は、二十畳と十畳の続き間である。御藩主は二十畳で休まれ、父と私はそのお姿を視野に入れながら、十畳で先生からの注意を聴いた。

「麻酔から醒めるのは、通例は四、五刻の後ですが、早い例では二、三刻のこともあります」

日暮れ前の夕七つには醒められるかもしれぬということだ。

「醒めると、当然、痛みを覚えますが、その痛みは薬線が切れ込んでいる証しであり、痛むたびに快方に向かっていることは術前にお伝えしています。とはいえ、遅くとも五つ半には起きてしまわれるので、安眠できぬ夜は長いでしょう。気の持ち方しだいで、痛みの伝わり方はずいぶんと変わりますから、再度、私からよおく説明させていただきます。このあと私は控え室のほうで待機しておりますので、目を覚まされたら、呼んでください」

そのとき、父が語ったように、御藩主が「同じような強さでずっとつづく痛みは堪えることができる」かが明きらかになる。

「明朝までには、痛みも和らぐというお話でしたが」

父が問う。御藩主から「懸念には及ばぬ」と言われた父とて、ほんとうに術後の痛みに堪えられるのかどうか、気になっていないはずがない。

「そのとおりです。しかしながら、明日になったら枕を取り替えて、薬線を結び直します。言ってみれば、振り出しに戻るわけで、痛みは和らいでも消えることはありません。その結び直しを幾度となく繰り返して、そして最後に、仕上げの断裁があります。そういうわけで、手術の痛みは責任をもって除去しますが、術後の痛みについては気休めは申せません。ですから、痛みは快方へ向かっている証し、という気持ちの切り替えが肝要になります。痛みに堪える、という気持ちで痛みに対するのではなく、痛みを味方として迎え入れるのです」

「味方、ですか」

「ええ、味方です。悪くなる徴《しるし》の痛みではなく、良くなる徴の痛みです。快方を伝える使者なのです。けっして敵ではありません」

「たしかに、敵ではありませんね」

まずは父が、気持ちを切り替えようとしているらしい。

「御藩主に口に入れていただくのは、まず清茶《せいちゃ》でしたね」

父の問いが痛みを離れる。

「そうです。軽く醸《かも》したお茶です。冷ましたものを少しずつ。それから、一日二日《いちにちふつか》は、緑《りょく》豆湯《とうとう》をやはり冷まして召し上がるようにしてください」

緑豆は小豆《あずき》の仲間だ。煮出したのが緑豆湯で、解毒になるし、滋養にもなる。

「麻酔から醒めても、躰から薬が消えたわけではありません。その残った薬が、緑豆湯で早く抜けます」

「醒めても、醒め切ってはいないのですね」

「明日になったら、一見すると、通常の状態に戻っているように見えるでしょうが、たとえば散大《さんだい》した瞳孔《どうこう》はまだ戻っておりません。おそらく、物が揺らいで見えると思われますが、薬が抜け切れば症状は消えるので、心配なさらないでください」

その後も丁寧に、先生と、父と私は、術後の看護について「理解を同じく」した。

終えると、私は知らずに、初めて先生に拡を診てもらった日のことを思い出していた。

あのときも先生は身を入れて、佐江と私に、鎖肛とどう向き合うかを説いた。

食い入るように先生の顔を見据えて、一語一語を嚙み締めていた佐江の顔は、生きている限り忘れることはないだろう。

明かるい陽《ひ》の光で赤子の尻を検《あらた》めた向坂先生は直ぐに「ああ」と声を上げた。

その「ああ」がなにを意味するのか、佐江と私は文字のとおり固唾《かたず》を吞んで次に発せられる言葉を待った。

でも、先生は唇を動かさず、指を動かして赤子の尻に当てる。

そして、その指先に目を遣り、匂いを嗅《か》いでから口を開いた。

「これならば、治療は可能でしょう」

希望につながる声を聴いても、安堵の息は洩らさない。「治療は可能」なのは嬉《うれ》しい。叫びを上げたいほどに嬉しい。でも、可能は可能でも、どう可能なのかを見極めなければ喜びを解き放つわけにはいかない。佐江もまたいささかも顔を緩めず、先生の瞳を真っ直ぐに見据えている。

「影のように透けて見えているのは、直腸の端と思われます」

そこは、合っていたのだ。

「それに、その影から七分ほど右をご覧になってください。小さいですが、漏口が開いているのが見て取れます」

目を凝らしたが、目にできるのは、黒子《ほくろ》のようなものだけだ。言われなければ、それが漏口とは気づかない。

「指で触ってみたら、胎便《たいべん》がつきました」

先生が言葉を足す。いましがた、先生が指を鼻に持っていった動きがよみがえって、それでか、と思う。

「ですから、直腸から孔が延びて、その場所で開いているということでまちがいないでしょう」

胎便というのは、赤子がお腹《なか》のなかに居たときに溜めていた便である。乳も食い物も入れていないときの便だから、便とはいっても臭いはなく、色も黒い。乳を飲むことで初めて排泄《はいせつ》されるので、おそらく、佐江はすでに乳を与えたのだろう。

「鎖肛と向き合うとき、我々はまず直腸の端がどこまで下りているかを診ようとします」

西洋外科の医師らしく、臓器に即して先生は説く。

「人が排便できるのは、直腸の周りを筋が取り巻いているからです。その筋が収縮を繰り返して便を絞り出します。ですから、無念ではありますが、直腸の端が筋のある場所に届いていない場合は、いまの医学では対応する術《すべ》がありません。医師として、悔やしい限りです」

心底から出た言葉とわかる、目の色だ。

「しかし、さらに悔やしいのは、そもそも、直腸の端がどこまで下りているかを正しく測る手立てがないことです。いまのように、触診《しょくしん》に頼る診断法では甚《はなは》だ心許《こころもと》ない。この春、座して仏になるのを見守るよりは、と両親に懇願《こんがん》されて、直腸の端の位置を定められぬまま手術に踏み切ったことがありましたが、切開しても直腸を認めることはできず、そのまま閉じる結果になりました」

悔やしさを滲《にじ》ませたまま、先生はつづけた。

「きっと、遠い将来には、腹のなかを透かし見る術《じゅつ》が編み出されていることでしょう。そうしたら、事態はまったく変わってきます。直腸の端が筋のある場所に届いていなくたって、助けることができるにちがいない。そう想うと、遠い世の医師に嫉妬《しっと》さえ覚えます」

先生の無念が伝わる。

「そういう状況にあって、はっきりと手術の目処《めど》が立つ数少ない症例が、直腸の端が皮膚と接している場合です」

曇っていた顔が晴れていく。

「つまり、ご子息の症例なのです。十中八九《じっちゅうはっく》、直腸の端は筋がある場所に届いているでしょう。それどころか、通り抜けていると思われます。筋を使って、直腸を締めたり緩めたりできるということです」

なんで「治療は可能」なのかが、だんだんとはっきりしてくる。

「尻に漏口が開いているのも良い兆候です。直腸が尻に近いという徴でもありますし、それに、直腸が閉じていると、行き場を求めて孔が形成されて、尿道に通じる場合があるのです。つまり、おしっこに便が混じります。おしめを確かめましたが、それはなかった。

孔の行き場は尻に開いたと診てよいでしょう。これなら手術で、皮膚と直腸との通り道をつくってやればよい。ただし、治療はそれで完了ということではありません。鎖肛においては、術後の手入れが重要です。手入れの継続こそが本来の治療と言えるくらい、重い意味を持つのです」

「それは……」

私が問う前に、佐江が唇を動かした。

「どのような手入れなのでしょう」

「これから私たちは、人の手で尻の穴をつくろうとしているわけです」

噛んで含めるように先生は言い、佐江は黙したままうなずいた。

「どうするかというと、まず、穴が開いているべき位置にある尻の皮膚を切開し、次に、直腸の腸管を引っ張り出します」

思わず、腹が強張《こわば》る。

「しかるのちに腸管の端を切開して、尻の皮膚と糸で縫い合わせてつなげ、肛門とするのです」

いったい、どうやって、ない肛門をつくるのか……。私が抱えてきた疑念が解かれる。けれど、俄《にわ》かには、人の手でそんな術ができるのが信じがたい。『瘍科秘録』に出ていたかどうかは記憶になく、私は見当すらつかなかった。まさか、腸管と尻の皮膚を縫合するとは……。驚きと希望が綯《な》い交《ま》ぜになる。あるいは、向坂先生が編み出した手術法なのか。ならば、それは向坂流外科と言ってもよいのかもしれない。

「しかし、糸で縫合した部分は、放っておくと狭くなっていきます。つまり、便が出にくくなります」

「ええ」

じっと聴いていた佐江がはっきりと声に出して受ける。佐江は強い気持ちで赤子を治そうとしている。佐江が佐江らしくあることに、私は少しではなくほっとする。

「ですから、狭くならないように、手入れをしなければなりません。なにをするかというと、朝夕の二回、指に膏薬を塗り込んで穴に入れ、ゆっくりと二十ほど数えてから抜くのです」

間を置かずに、佐江が問う。

「どの指を使うのでしょうか」

私も訊きたい問いだった。そうと言われずとも、赤子が生き延びるためには手術を受けなければならないとわかる。手術を受けることができるなら受けるに決まっているし、その先に、自分たちがやるべきことがあるのなら、なんでもやるに決まっている。だから、私たちは、なにをやるか、にも増して、なにをどうやるか、を知りたくなっていた。

「小指です。いっとう細い指を使います。丹念に洗ってから、白雲膏という膏薬を塗り、最初は一つ目の節まで、入るなら二つ目の節まで挿入してください。爪は必ず切って、鑢《やすり》を丁寧にかけておくこと。縫合してできた肛門です。ちょっと爪を立てるだけでも、傷《いた》んで炎症を起こしかねません」

「指を入れるときの、赤子の姿勢は？」

「仰向《あおむ》けです」

すっと先生は答えた。

「お尻ですから、お尻が見えるうつぶせと思いがちです。でも、うつぶせにすると、お尻の穴は締まるものなのです。締まっているから、無理をして入れることになり、つまりは傷つけやすくなります。なので、赤子は仰向けにしてください。仰向けにして、両足を軽く持ち上げるとお尻が見えて入れやすくなります。赤子の足なので、一人でも持ち上げられなくはありませんが、できるだけ、二人で役割を分け合ってください。一人が足を持って、一人が挿入する。両手を使って足を広げると、もっと穴は開くので、入れやすくなるのです。奉公人でもよろしいですが、心当たりはおありですか」

「いえ」

即座に、私は言った。

「私がやります。妻と、私でやります」

佐江が首を回して、私の横顔を見遣る。そのまま目を離さない。

「朝は必ずやることができます」

私は言葉を足す。

「夕は、御勤めのためにできぬ日があるかもしれません。そのときは母に代わってもらいますが、あくまで、母に代わるのはよんどころないときに限る所存です」

「御役目は御目付ですね」

「はい」

「他の御役目ならば、午八つで下城できるでしょうが、御目付は多忙を極める唯一の重臣と聞いております」

「そういうきらいはあるかもしれません」

「できますか」

「ご覧のとおり、屋敷は大手門の間近に拝領しております。御城の内に暮らしているようなものです。たとえ御勤めが延びたとしても、足を上げに戻れぬ理由がありません。母を頼むのは、御城を離れる御勤めのときのみと存じております」

「なるほど」

「小指の挿入の他には？」

私は問いを重ねる。たとえ、重役方との寄合があったとしても、こっちを先にするつもりである。私はあの母と父の子であり、譜代筆頭、永井家の跡取りだ。

「あります。浣腸です」

「浣腸、ですか」

「ええ、浣腸です。もともと備わっていた肛門ではありません。穴は開いていても、躰のほうに、そこから排便するという備えが整っていない。便が溜まったのを感じる力が弱く、絞り出す力も弱いのです。ですから、放っておくと、自分から排便しようという気が起きず、いつまでもおしめが取れぬことになります。そこで、浣腸なのです。朝夕二回、朝五つと暮れ六つなら、朝五つと暮れ六つと、必ず刻を決めて浣腸を施し、毎日、排便する習慣を身につけさせなければなりません。大事なのは、つづけることです。とにかく、つづける。なにがあってもつづける。すると、早ければ二年ちょっとで、浣腸に頼ることなく自分で便意を感じ、自分の力で排便できるようになります」

「真でしょうか」

問い詰めるように、佐江が言う。

「二年ちょっと、は人から聴いた話ではありません。私の患者の話です。ですから、真です。ただし、繰り返しますが、つづければこそです。毎日です。鎖肛を治すのは、手術ではない。手入れの継続なのです。不断の手入れで排便の習慣が備わってはじめて、治療は完遂されます。それほどに重要な手入れですが、言うは易《やす》く、です。たいへんなのです。なにがいっとうたいへんなのかと言えば、たいへんさが理解されないことです。周りだけではありません。誰よりも自分が、たいへんさを理解しようとしないのです」

「自分が……」

佐江は呟《つぶや》き、私は想う。自分が理解しようとしない、とはどういうことなのだろう……。

「術後の手入れがたいへんと言うと、浣腸と指入れのなにがたいへんなんだ、と糾す者が必ず何人かは周りに現われます。別に躰に負担がかかる仕業ではないではないか、と」

先生は説く。

「たしかに、躰への負担は重くはない。けれど、気持ちの負担の重さは察するに余りある。最初の頃はまだ、治したい一心で作業だけに気持ちを集めることができます。しかし、時が経ち、子が育つに連れて、気持ちに変化が表われる親は少なくありません。毎日、朝夕二回、浣腸をし、指を入れるたびに、自分の子がそうしなければ生きていけぬ子であるという現実を、突きつけられるような心持ちになってくると聞きます」

言われてみて、そこまで思い至っていなかった己れを知る。

「そして、たいていの場合、手入れに当たるのは女親です。この国にはヒルコ伝説があるので、鎖肛に限らず、赤子になにかあれば女親のせいにされやすい。そんな理はなにもないにもかかわらず、誰でもない自分が、そういう重荷を子に背負わせてしまったのだと、己れを責めるようになります」

佐江の喉のあたりが動く。

「やがて、毎日が、朝は浣腸と指入れで始まり、夕も浣腸と指入れで暮れるごとく感じるようになって、手入れを疎《うと》ましく思う気持ちが芽生えます。そうして、毎日、朝夕二回の手入れが、堪えがたくなってきます。たいへんになります。生来、真面目《まじめ》で、自責の念が強い者ほど、そういう自分が許せない。日々の手入れをたいへんと感じる自分が、どうしようもなく堪《こら》え性《しよう》のない人間に思われて、ますます己れを責め立てる。なんで、この程度のことをたいへんと感じてしまうのか。たいへんでないことをたいへんと感じてしまうのか。自分で自分を追い詰めていきます。たいへんなことなのに、たいへんではないと自分で決めつけてしまう。自分がたいへんさを理解しようとしないために、一人で追い込まれていくのです」

意気込みだけでは、息切れするのが必定《ひつじよう》なのかもしれない。

「先ほど、私は、手入れはできるだけ、二人で役割を分け合ってください、と申しました」

先生はつづける。

「家には、それぞれの事情があります。どうしても一人でしなければならない家もあるでしょう。ですから、できるだけ、という穏当《おんとう》な言い方をしましたが、本来は、必ず二人で当たってほしいのです。己れの責めだと感じやすい女親に、任せ切ってはなりません。身近に、たいへんさを分かち合う者が必要です。身動き取れぬところまで追い込まれぬように、たいへんと感じていいのだと、気づかせてくれる者が傍に居なければなりません」

未明に佐江を迎えて以来、温めてきたことが、くっきりとする。

「二人でやれば、手入れもうまく行きます。人がこしらえた肛門です。傷つきやすいのです。指入れも浣腸も、注意深く行わなければなりません。なかには、指入れを嫌《きら》って足をばたつかせる赤子も居ます。二人の手が必要なのです」

話を聴くに連れ、私は感じ入る。この日本の地で、赤子に麻酔を施し、腸管と尻の皮膚を縫い合わせることのできる医師がいったい何人居るのだろう。そういう医師と同じ土地で出会えただけでも僥倖《ぎょうこう》なのに、この医師は己れの技の上で反《そ》り返らず、患者に寄り添いさえする。

「おそらく、この御家では大丈夫だろうとは想っていました。重彰殿が奉公人に任せず、ご自身で診療所に来られ、ご自身で症状を説かれたからです。武家で、そのようにされる御方はまず居りません。想ったとおり、重彰殿はこちらから言わずともご自分で手入れをすると手を挙げられた。なので、話しても問題はないと判じて、こういう話をさせていただきました。家によっては、私が説くことでかえって夫婦や親子の仲をこじらせてしまうことがあるのです。けれど、重彰殿は御城を抜け出しても足を上げられると言う。いつまでも、そのお気持ちを大事にしていただきたくて、立ち入りました」

私は向坂先生に全幅の信頼を寄せていなかった己れを恥じる。

けっして、軽んじていたわけではない。私を含めて、永井の家の者がそれまで先生にかかったことがなかったので、判じようがなかったのだ。

高名は聞いていたが、医師の高名はさほど当てになるものではない。それまでの医業は芳《かんば》しくなくとも、一度、権家《けんか》の病を治せば手に入るのが高名だ。よしんば、ほんとうに医術が秀でていたとしても、患者への労《いたわ》りに欠ける者も少なくない。

向坂先生を頼んだのは、時の猶予がない状況ゆえ、他に手立てがないからであって、初めての医師にかかるときはたいていそうであるように、賭《か》けに近いところがあった。が、先生の手入れの話を聴くうちに、そういう私の疑心はみるみる氷解していった。この医師を頼ろうと思い、この医師の言うことなら信じようと思った。

「早ければ二年ちょっとで、浣腸に頼らずともよくなるというお話でしたが」

私は用心を解いて、唇を動かした。

「ええ」

「指入れまで行わずに済むようになるのは、いつ頃と考えればよいのでしょう」

浣腸の二年よりも長いか短いか……。

「おしめが取れるのが三つから四つです」

先生は言い、佐江がうなずく。

「私のところでは、その時期から一年後に、どちらの手入れもいらなくなった例があります。つまり、おしめと共に鎖肛も卒業して、不自由のない便通が得られたということです。ただし、だから、三年から四年です、とは申せません。蘭方外科の仲間を含めても、鎖肛の症例がまだほんのわずかしか積み上がっていないからです。私にしても、扱ったのはまだ三例で、お話ししたのは最初の患者の例です。他の二例は手術からまださほど月日が経っておりません。最初の症例が人づてに伝わって、最近になって二例の話が持ち込まれたというところです」

先生は正直に明かす。おそらく、三例というのは少ない数ではなく、むしろ、多い数なのだろう。あきらめかけていた親が、治るという噂を聞きつけ、藁《わら》にもすがるようにして、遠国からはるばると訪ねてきたのかもしれない。

「ご存知のように、この日本ではずっと医といえば漢方の内科でした」

「ええ」

「逆に言えば、漢方で治せぬものは病として認識されなかったとも言えます。鎖肛もそうです。支那の膨大な医の文献にも、それらしき病名がちらほらと現われはするのですが、あくまでちらほらでしかありません。やはり、漢方では、というよりも内科では治せない症例だったからでしょう。鎖肛の名付け親が華岡青洲先生とされているのも、それまで鎖肛の治療が本式に試《こころ》みられることが稀有《けう》だったからと思われます。ですから、当然、治験も積み上がっておりません。責任をもって、いついつ、とは答えられぬのです。三、四年よりもっとかかるかもしれないし、あるいは逆に、もっと早くなるかもしれない。鎖肛の治療はほんとうに端緒《たんしょ》に就《つ》いたばかりで、まだまだわからぬことが数多く残されています」

「たとえば、どのようなことでしょう」

「そう、ですね……」

逡巡《しゅんじゅん》する風だったが、先生はつづけた。

「乳を飲もうとせぬ赤子はけっして珍しくありません」

「ええ」

「理由はさまざまで、多くの場合、病とは関わりありません。いっとうわかりやすいのは、単に乳が不味《まず》いことです。母親の体調や食す物によって乳の味は変わりますからね」

赤子は佐江の乳を、どのように飲んだのだろう。

「けれど、臓器の働きが解明されるに連れて、まだうっすらとですが、稀に、病が原因になることもわかってきました。その一つが、胃の門のあたりが閉じて生まれつく例です。そして、どうやら、この症例は鎖肛と共に現われることが多いようなのです」

「胃の門が……」

「それがたまたまなのか、あるいは、症状は異なっても病根《びょうこん》は同じなのか、そのあたりはわかっておりません。が、今回に関しては、閉鎖の心配はないと思われます。胎便が出ているということは、乳を飲んだということです。そうですね」

先生は佐江に顔を向けた。

「はい」

佐江は答えた。

「与えてよいものかどうか、迷いつづけましたが……」

排泄ができそうにない子に乳を含ませてよいのか……。佐江が一人でさんざ考え抜いたのは、それだけではあるまい。赤子について女のせいにされるのは、生まれついての障りだけではない。生まれてからのあらゆる病も、母体が持つとされている胎毒が原因とされるのが通例だ。だから、首が据わらぬうちは、母親の乳ではなく、出産から日が経った女の乳を与えるように導きさえする。きっと、佐江の頭のなかにも、胎毒のことがいっぱいに広がっていたことだろう。とはいえ、含ませなければ衰弱してしまう……。一人で悩んで悩んで、乳を付けたときのことを思い出したのだろう、こみ上げてくるものを断ち切るようにしてつづけた。

「覚悟して、与えることにいたしました」

与えて当たり前の乳を「覚悟して」与える。あらためて、たいへんな想いを重ねて、佐江はいま、ここに居るのだと思った。

「赤子は乳を戻しましたか」

「いえ」

「ならば、胃の門が閉じていることはないでしょう。それに、もしも胎毒が気になっていたのなら、それも心配ありません。赤子の万病の元が胎毒にあるという説には理がない。むしろ、初乳《しょにゅう》は与えなければいけないと私は考えています」

話はそこで落ち着きそうだった。けれど、私は一年半とはいえ医師修業をした武家だった。私のどこかに息づいているのであろう医生が、胃の門は閉じていないとしても、もしも鎖肛と胃の門の閉鎖が同じ病根だとしたら、将来、なんらかの症状が他の部位に出ることもあるのでは、という問いを発した。

とはいえ、その問いは、胸底に留め置くつもりだった。鎖肛だけでも全力で立ち向かわねばならぬのに、取り越し苦労であろう他の症状にまで話を進めるのは、佐江には酷《こく》ではないかという想いが過《よぎ》ったのだ。

先生から話が出たわけではない。自分が気を回しただけだ。どうしても確かめたければ、後日、あらためて別の場で先生から聴いて、もしも、ありうる、という答だったとしても、自分だけ承知しておけばよいのではないか。いまは鎖肛だけに気を集めるべき時ではないか。そう、思った。

けれど、そのように佐江を気遣うのは、裏返せば、自分もまたヒルコ神話の尻尾《しっぽ》を残しているからではないか、という気がした。

自分は他の症状を知っても堪えることができるが、佐江は堪えられない……いま、自分が考えているのは、詰まるところ、そういうことだ。

なぜ、佐江だけが堪えられぬと見るのか……。鎖肛の子が生まれたのは佐江のせい、と思っているからではない、と言い切れるか。自分は思っていないが、佐江自身が思っているかもしれぬから堪えられぬと見た、と断言できるか。

堪えられぬと見ることこそに、心得《こころえ》ちがいがありはしないか。

それに、自分だけが承知しておくことに意味があるとすれば、それは他の症状が出なかったときだろう。

出なかったときにのみ、取り越し苦労をさせずに済んだという益を得る。逆に、出たらどうだ。想ってもみなかった症状がいきなり加わったとき、それこそ心の用意のない者が堪えられるか。

佐江には酷、と決めつけるのは賢《さか》しらでしかないと私は判じた。

「胃の門は閉じていないとしても……」

私は唇を開いた。

「今後、なんらかの他の症状が出ることもありうるのでしょうか」

二人して病に向き合っていくからには、佐江も、私も、すべてを識っておかなければならぬ。

「それはない、と言い切ることができればよいのですが……」

先生は先生らしく答えた。

「私は医師ですから事実に基づいた物言いしかできません。ところが、申し上げたように治験があまりに少ない。現状では、わかりません、としか答えられぬのです」

もっとも、でしかない。

「私見《しけん》ならば、手術ができるような、つまりは、直腸と尻の皮膚が接しているような症例の場合は、鎖肛以外の症状はまず出ないと見ています。ですが、医師としてお答えするとしたら、ないとは言えない、でしょう。けれど、私は、いま、重彰殿から、自分は近々重い病にかかるか、と問われたとしても、ないとは言えない、と答えます。ですので、気持ちの片隅に、そういうこともなくはないかもしれない、程度に留め置いていただければよろしいかと思います。肝腎なのは、完治までがんばり通すことです。まったくの不意打ちだと、せっかくつづけてきたがんばりが挫《くじ》けかねないので、ないとは言えない、という言い方をしますが、それは、柳の枝のごとくしなって戻ることができるようにするため、と覚えておいてください」

「わかりました」

母が佐江のことを語った「気持ちも柳のようです」という言葉を思い出しながら、私は言った。

「わかりました」

佐江もつづいた。

手術は四日後と決まり、私たち家族はその日のうちに拡という名をつけた。

命を賭《と》す手術に挑むには、名がなければならない。

赤子は、永井拡として手術に臨むことになった。


仙草屋敷の寝所で、体調を崩したのは、御藩主ではなく父だった。

向坂先生が控え室に戻られて程なく、「一人にして済まぬが、なにかに中《あた》ったようだ」と言って、はばかりに立った。

三回目のはばかりで、寝所の十畳を空けたとき、二十畳のほうから、「元重」という声がかかった。刻は暮れ六つを過ぎたあたり。御藩主が麻酔から醒められたらしい。

私は即座に十畳と二十畳を分かつ敷居を越え、お側に寄った。

「誠に不細工で申し訳ございませんが、父は腹を壊して、ただいま、はばかりを使わせていただいております。御用は、それがし、永井重彰にお申しつけください」

「腹を壊して、はばかりか」

意外にも、御藩主は小さく笑った。痛みで自失などされていないのは明らかだ。

「なにか飲むものをくれ」

みずから横寝になられて言われる。

「冷ました清茶を召し上がっていただくように言われておりますが」

「それでいい」

用意しておいた水差しの清茶を、御藩主は少しずつ含まれた。

言われなくとも、用法を守られる。いかにも御藩主らしい。父は御藩主を、周りに手をかけさせぬ殿様と口にすることがある。あるいは、ご幼少の頃の記憶が、勝手を許さぬのかもしれない。

御藩主は十一歳で御家を継がれた。反対は小さくはなかったようだ。万が一、薨《みまか》った場合、急養子が認められるのは、十七歳からである。十六歳より下だと、俄かの相続が認められず、御家断絶となる。藩主が十一歳では、六年のあいだずっと、家中は改易の危機に怯《おび》えつづけなければならない。

だから、御藩主ではなく、将軍家の御血筋を御世継ぎに迎えようという動きは強かったらしい。それを阻んで御藩主の代替わりを実現した一派の中心に居た一人が父だったと聞くが、父は往時《おうじ》を語るのを好まない。「よくあることだ」と言い、「それぞれに考えもあろう」と言う。御藩主もまた、長じても反対派に報復をされることがなかった。いまの重臣に、かつての反対派の家筋が交《ま》じるのは、この国の美点だ。

政争はしばしば血の流れる結末を招く。人はいったん相手を敵と識別すると、とことん残酷になれるものらしい。己れの酷《むご》さに昂《たかぶ》るらしい。それが武勇談にさえなるようだ。そういう、ありきたりの結末に至らなかったことが、御藩主と父との紐帯《ちゅうたい》を伝えているように感じなくもない。

「痛みはいかがでございますか」

努めて、それとない風をつくって、私はお尋ねする。

「痛い」

即座に、御藩主は返された。

「ひどく、痛い」

そうなのか、と私は思った。ほっとするのは、まだ早そうだ。

「けれど、大事ない」

ふう、と息をついてから、つづけられる。

「この痛みなら、なんとかなる」

父が言った「同じような強さでずっとつづく痛みは堪えることができる」という言葉がよみがえる。

「そちの親父《おやじ》殿《どの》も居てくれるしな」

はて、と私は思う。

もとより、御藩主が父に信を置かれているのは承知している。

傍らに居れば、気が休まるかもしれない。

けれど、それで、ひどい痛みまで薄れるものか……。

「父はお役に立っておりますか」

言外に、鎮痛の、という意味を込めて、私は言った。

「痛みというのは、なんとも不可思議だ」

ぽつりと、御藩主は応えられる。そして、つづけられた。

「だきゅうを存じておるか」

だきゅう、だきゅう……直ぐには、音が字に変わらない。

「馬に乗ってやる、打毬《だきゅう》だ」

それで、だきゅう、は打毬になった。

「それでしたら、話だけは耳にしております」

打毬は騎馬による武士の試合である。十名ほどの騎者《きしゃ》が紅白の二組に分かれ、棒の先に網の付いた毬杖《きゅうじょう》という道具を使って置かれた毬を的に投げ入れる。

的は小さく、馬を進めて近づかなければ、まず入らない。当然、そうはさせじと、相手の組は妨害に出る。右へ行くと見せて瞬時に左へ反転するような、相手の裏をかく変幻自在な動きができなければ、的は遠いままだ。

とはいえ、毬杖を握る右手は掬《すく》い上げた毬が網から落ちぬよう、常に動かしている。左手だけで手綱《たづな》を操り、意のままに馬を御《ぎょ》さねばならぬ。生半可《なまはんか》な馬術の腕では、打毬の騎者には選ばれない。

「江戸詰めになったら、『話だけは』では済まんぞ」

御藩主は言われる。

「将軍家の御先代、文恭院《ぶんきょういん》様は無類の打毬好きであらせられたが、御当代《ごとうだい》様もまた打毬をこよなく好まれるからな」

そうなのか、と私は思う。御先代様も御当代様もなにひとつ存じ上げないのに、なんとはなしに意外な気がする。でも、御藩主が次に発せられたお言葉は、意外では済まなかった。

「それで、余《よ》の従兄弟《いとこ》も足を失った」

私は素になって伺った。

「足を……でございますか」

「四年前のことだ。余には将軍家の旗本の従兄弟が居ってな。五つ歳上で、馬術の名手だった。まさに〝鞍上《あんじょう》人なく、鞍下《あんか》馬なし〟の、人馬一体の騎乗をするのだ」

大名家に旗本の家筋の親類が居るのは珍しいことではない。

「当然、旗本の選《え》り抜きで組まれる打毬の組の常連であった。で、御上覧《ごじょうらん》に備えて稽古を重ねていたときのことだ。無理な向きへ急に曲がろうとして敵《かな》わず、名手が落馬した。悪いことに、馬もまた堪えられず、横倒しになった。そうして、従兄弟の左足が、倒れた馬の下敷きになった。よく言われる〝善《よ》く泳ぐ者は溺《おぼ》れる〟だったのかもしれぬ」

話で聴くだけでも、目を背《そむ》けたくなる。

「骨は砕けて、接骨などでは、もう、どうにもならん。膝から下を切断するしかなかった。余にとって、その従兄弟は、元服する前からずっと憧《あこが》れの武者でな。我がことのように、悲嘆に暮れたものだ」

察するに余りある。

「それでも、従兄弟が馬から離れることはなかった。離れれば、杖《つえ》なしには進めない。が、手綱を握れば従前《じゅうぜん》と変わらずに自在だ。むしろ、馬と過ごす時は増えさえした。けれど、さすがに、打毬への復帰はあきらめた。打毬は急な方向転換を繰り返す。片足の膝より下がなくては、躰を支える力が足りない。左右の釣り合いも取れない。しかし、従兄弟があきらめた理由はそれだけではなかった。痛みだ。疵は治っても、痛みは残った。時として、悲鳴をあげかねないほどの痛みが襲う。それがために、ここぞというときに手綱捌《さば》きの判断を誤まる。打毬は躰だけでなく、頭をも研ぎ澄ませておかなければならぬのだ」

さもあろう。

「どこが、それほどに痛んだか、わかるか」

「それは、疵口でございましょう」

答えるまでもない。

「膝より下となると、断面も相当に大きいでしょうし」

まさに華岡流膏薬術の出番だろうが、華岡流膏薬術といえども痛みは拭えない。

「疵口も痛むかもしれぬ」

けれど、御藩主は言われた。

「が、従兄弟がいっとう悩まされたのは疵口ではない」

疵口ではないとすれば、いったい、どこが……。

「脹《ふく》ら脛《はぎ》や足の指先の痛みだ」

「脹ら脛や指先……」

それは、おかしい。

「切断手術は膝より下でございましたね」

「いかにも」

「恐れながら、膝より下を切断したとなれば、もはや、脹ら脛や足の指先は失われているのでは……」

「そのとおりだ」

「にもかかわらず、脹ら脛や足の指先が痛むのでございましょうか」

どういうことだ。

「それも、そのとおりだ」

「つまりは、すでに無い足が痛む、と」

「そうだ。無い足が痛む」

ひとつ息をついてから、私は問うた。

「そんなことがあるのでしょうか」

「ある」

即座に、御藩主は答えられた。

「初めてお伺いする話でございます」

「余もそうだ。初めて、従兄弟の口から聴いた。しかし、それまで、その種の話を耳にしなかったのは別に不思議ではない」

なにゆえに……。

「膝より下を切断する手術だ。そんな手術が可能になったのは、ここへ来てのことだ」

あっと私は思った。私が先に気づかねばならぬことだった。

「それまでは、足を失えば命も失った。血管結紮《けっさつ》の技が未熟で大失血は免れなかったし、そこをなんとか切り抜けたとしても、大きな断面の化膿を防ぐという難問がある。膝から下を切断せねばならぬような者のあらかたは、仏になっていたのだ。だから、そんな話が耳に入るはずもない」

さすが、蘭方の翻訳書を読み込んでおられる御藩主だった。

「ならば、真に……」

「無い足が痛むのだ。抉《えぐ》られるような痛みが、間欠泉《かんけつせん》のごとく噴出する。とはいえ、従兄弟がそうと訴えても、周りは誰一人として信じようとしなかった」

それは、責められぬ。

「誰もが気のせいで済まそうとした」

それも、責められまい。

「だがな、失った部位の痛みを訴えるのは従兄弟だけではない。むしろ、痛みに悩まされぬ者のほうが少ないほどだ」

「お言葉でございますが……」

「なんだ」

「足の切断の手術を受けた者の数は、いまもさほど多くないのでは」

「足はな」

すっと御藩主は答えられた。

「が、手の指を失った者なら数多く居る。そして、かの者たちの多くが無い指先の痛みを抱えている」

それもまた、私が先に気づかねばならぬことだった。

「それを〝気のせい〟であるとするなら、人間の身体には、〝失われた部位が気のせいで痛む仕組みが組み込まれている〟ことになろう」

それはつまり、〝気のせい〟ではないということだ。

「それがどういう仕組みなのかはわからぬが、きっと後世には解き明かされていることだろう。ずっと先ではあろうがな」

そこまで言われると、御藩主はまた清茶を所望《しょもう》された。水差しを差し伸《の》べながら「お疲れになりませぬか」と問うと、「気が紛れる」と答えられてからつづけた。

「それにな……」

「はい」

「実は、これまでの話は前振りだ」

「前振り、でございますか」

「ああ、痛みが不可思議なものであるという話のな」

そう、そういう話から始まった。

「十分に、痛みが不可思議とわかるお話でしたが……」

あれが前振りか、と思いつつ、私は言った。

「それでも、一度説かれれば、そういうこともあるかという気になれよう」

言われるとおり、かもしれない。そういう機会があるかどうかはわからぬが、今度、痛みを語る場があったとしたら、私は無い足が痛む話をするのかもしれない。

「これから語ろうとしている本題は、一度説かれただけでは、おそらく、腹に落ちづらい話だ。で、前振りをして、重彰の聴く耳を温めておくことにした」

確かに、私の耳は温まっている。

「〝人の痛みがわかる〟という物言いがあるな」

せっかく温めた耳が冷めぬうちに、と思われたのか、御藩主はすっと語り出された。

「はい」

それを言われるなら、御藩主もまた〝人の痛みがわかる〟お方だ。

持ち前の細やかさで、相手の身分にかかわらず、言外を察せられる。

かつてご自身を排斥しようとした一派の家筋をも受け容れ、藩内融和という、言葉はきれいだが実現は限りなく難しい題目を現《うつつ》のものにしているのは、御藩主が〝人の痛みがわかる〟お方だからこそだろう。

武家にとって細やかさは賛辞と受け止められぬだろうが、御藩主を見ていると、細やかさは力であるとわかる。

「人口《じんこう》に膾炙《かいしゃ》しているのは、あくまで喩《たと》えだ。〝人の痛みがわかる〟の〝痛み〟は、疼痛の痛みではない。気持ちの痛みだ。苦しみであったり、悲しみであったり、怒りであったりする」

一方で、御藩主には、御藩主ではない道だってあったのでは、とも思えてくる。

「さようでございますね」

〝人の痛み〟を語る御藩主は、大名家を継いだことを手放しで喜ぶような、平板《へいばん》な御仁《ごじん》には見えない。

「だがな、この世には、言葉のままに〝人の痛みがわかる〟者が居る」

直ぐには、意味が摑《つか》めない。

「他者の疼痛の痛みを感じるのだ」

他者の疼痛の痛みを……。

「余がそういう者だとしよう」

御藩主はつづけられる。

「そして、いま、重彰がなんらかの理由で疼痛で苦しんでいる、とする。と、余の身体が重彰の疼痛を写す。写して、同じように痛む」

「つまり……」

思わず、私は口を挟んだ。

「御藩主のお躰とそれがしの躰が、同じときに、同じ疼痛を分かち合う、ということでございますか」

「いかにも」

くっきりと答えられてから、御藩主はつづけられた。

「重彰が痛めば、余も同じように痛むということだ」

物語のなかなら、ありそうだ。

「いきなり、そうと言ったら、聴かされるほうは、呪術者《じゅじゅつしゃ》の仕業と受け取ろう。そうでなくとも、迷信を疑い、詐術《さじゅつ》を疑い、虚言を疑わなければならぬだろう」

言われるとおりだろう。

「しかし、これも、かならずしも稀というわけでもないのだ」

そうなのか……と、まだ冷め切らぬ耳が受け止める。

「親子、夫婦……たとえば家族の内では、さして珍しいことではないらしい」

ならば、私は拡の痛みを感じ取りたい。

小さな小さな尻の穴に小指を入れるとき、拡の傷つきやすい肛門がどう感じているのかを感じたい。そうすれば、もっともっと優しい、指入れになるだろう。

が、未《いま》だ、そのように覚えたことはない。

「現に、余も一人、そういう〝人の痛みがわかる〟者を存じておる」

そのとき、私は察した。

いましがた御藩主が口にされた「余がそういう者だとしよう」というお言葉は、実は、仮の話ではないのではないか……。

御藩主こそまさに、他者の疼痛がわかる者であらせられるのではないか。

幼い頃から、自失をされるほどに痛みにお弱いご素地と交わりつづけてこられた御藩主だ。誰よりも痛みの発する徴に鋭敏であらせられるだろう。

きっと、己れの徴だけでなく、他者の徴にも感応されるのではないか。

そして、また、ご自身のことだからこそ、御藩主の「本題」は、「一度説かれただけでは、おそらく、腹に落ちづらい」のではなかろうか……。

私は腹を据えて、御藩主の次の言葉をお待ちした。

「重彰も存じている者だ」

いよいよだ、と私は思う。

「親父殿だよ」

ん……。

御藩主ではない、のか……。

親父殿……誰の、父君《ちちぎみ》だ。

「重彰の親父殿だ。永井元重だ」

永井元重……。

永井元重なら、確かに父だが、意外が過ぎて返す言葉が出てこない。

御藩主ではないことだけでも意外なのに、よりによって、父とは……。

父から、その種の話は一度たりとも聴いたことがないし、父の様子から、それらしきことを推《お》したこともない。

私にとって父は、気持ちの痛みであれば、〝人の痛みがわかる〟者であるが、疼痛の痛みとなると、〝人の痛みがわかる〟者と掠《かす》りもしない。

さりとて、それを口にしてよいものか、直ぐには判断がつかない。

おそらく、ではあるが、御藩主は〝人の痛みがわかる〟父を肯定している。

そういう御藩主に、私が思っていることをそのままお伝えすれば、お気持ちに添わぬことになるのは明きらかだ。

とはいえ、気持ちを曲げて、話を合わせることもできない。

そうである、とも、そうではない、とも、そしてまた、そうなのかとお尋ねすることもできない。そうなのですか、は、そうではない、と同義だ。

私はほとほと、お応えする言葉に窮した。

「元重は余の痛みを写す」

御藩主が言葉を重ねられて、私は急場を救われる。

「実に、見事に写す」

誰よりも痛みに鋭敏な御藩主が言われるなら、そうなのだろう。

そこで、まやかしは利かぬだろうし、なにより、父がまやかしをするはずもない。「願い」に「禁句」は無いとする父とて、疼痛を感じぬのに感じると装う言葉は「禁句」だろう。

まちがいなく、父は人の疼痛を写すのだ。

少なくとも、御藩主の疼痛ならば。

「写すが、元重は痛みに強い。写して、泰然《たいぜん》としておる」

痛んでも表に出さぬのは承知している。

「余が痛みに弱いのは聴いておるな」

不意に御藩主は御自身に振られて、私はまた、なんとお答えしたものか惑う。父のことだから、父子のあいだとはいえ、御藩主のお赦《ゆる》しなくかの話をしたとは思えぬが、確証はない。

「よいよい」

笑みと共に、御藩主はお言葉を寄越される。

「余が元重に、重彰にも話しておけ、と命じたのだ」

私は安堵して答えた。

「存じ上げております」

「ならば、余が、同じような強さでつづく痛みなら堪えられることも知っておるな」

「はい」

それを先刻来、確かめようとしてきた。

「実は、あれも、元々というわけではない。最初は、そういう痛みだっていけなかった。なんとか凌《しの》げるようになったのは、元重のお陰だ。余の痛みを写して泰然としている元重のな」

「過分なお言葉、もったいのう存じます」

御藩主は細やかに気を配られるが、人の上に立つ御方らしく、滅多に表には出されない。気づいていながら気づいていない風に振る舞うのも自在だ。「元重のお陰」とまで口に出されるのは「過分」である。

「余も当初は、元重が写しているのに気づかなかった。気づいたのは、痛みの波を言い当てられたときだ。『同じような強さ』で痛みがつづくとはいっても、まったく同じというわけではない。ある幅の内に収まっているということであって、強弱の波はあるのだ。十になるかならぬかの頃の余は、その波のうねりにさえ取り乱した。ひときわ狼狽《うろた》えたあるとき、元重が『もう、痛みも弱まっているではありませぬか』と言って余を諫《いさ》めたのだ。確かに、弱まっていた。弱まっていたのに、大騒ぎをした。それを見透《みす》かされた。ひょっとして、と思い、別のあるとき、痛みなどないのに痛い風をしてみせたら、『御藩主の座に就こうとされる者が、なさってよい振る舞いではない！』と、正面切って叱られた。そうして気づかされてみると、以降はいちいち、元重が余の痛みを写しているのがわかった。ある幅で揺れる痛みなら堪えられるようになったのは、それからだ」

ひとつ息をついてから、御藩主はつづけられた。

「貘《ばく》は人の夢を食うと言うが、元重も余の痛みをばりばりと食らって、消してくれている気がするのだよ」

そのとき、十畳の襖が引かれる気配が伝わって、振り向くと、長いはばかりから戻った父の姿があった。

直ぐに、私は顔を戻した。

十畳を空けたときの父と、十畳に戻った父を、どうにも重ねづらい。

初めて父が拡と顔を合わせた日に口にした「御藩主は儂が居ないと弱られるでな」という言葉が、別の響きを帯《お》びてよみがえってくる。

いまでも、あれが佐江と私への配慮であることは疑わぬ。けれど、その感慨を、あるいは、ありのままを言っただけなのではないか、という別の想いが覆った。

赤子に拡という名を付けた日、向坂先生と入れ替わるようにして、佐江の父である中屋敷村の名主、北澤平右衛門が姿を現わした。「いかにも、子がえしの算段はしました」

事の経緯を尋ねると、義父は悪びれずに言った。

「しかし、それは、赤子が助からぬと観《み》たからです。医師とも熟談《じゆくだん》した上で、子がえしをせねばならぬと覚悟するに至りました」

「子がえし」とは、間引きの言い換えである。

幼な子はふとしたことで命を落としやすい。それゆえ、いつの頃からなのか、幼な子に限っては、神の世とも人の世ともつかぬあわいで生きているように考えられてきた。だから、いとも簡単に、神に召されてしまう、と。

ならば、育てるのに支障のある子は、いったん神の世にお返しして、別の命となってこの世に戻ってくるのを待てばよいという、「子がえし」の悪しき習俗が生まれる。

〝殺《あや》めるのではない。いったん、神様にお返しするだけだ〟というわけである。そうと信じ込めば、間引きも「子がえし」になる。己れの罪に膜がかかる。

とはいえ、天保の御代ともなれば、あらかたの者が、間引きが畢竟《ひつきよう》、子殺しであることを弁《わきま》えている。もはや、「子がえし」は通用しないはずなのだが、逆に、罪の意識にさいなまれるようになったからこそ、「子がえし」という言葉の使いでが増していることもまた事実だ。

「在村医ではありません。御役目の縁で誼《よしみ》を通じた御藩医の一人に、無理を言って診ていただきました」

義父はつづける。

「話だけでは門前払いされかねないので、症状は伏せて、とにかく往診していただいたのです。けれど、もう、どうにもなりませんでした。赤子の尻を一瞥《いちべつ》しただけで、無言で首を横に振り、帰り支度です。なんで、こんなことで呼んだんだ、という様子があからさまで、取り付く島もありません。それでも、足早《あしばや》に玄関へ向かわれる御藩医に廊下で取り縋って見立てを伺ったのですが、私の問いなど耳に入らぬようでした」

藩医にしてみれば、自分がこの症例に関わったとされたくないのだろう。関わったと見なされれば、治せなかったことになる。己れの経歴に疵がつく。だから、一刻でも早くその場から姿を消したい。「なんで、こんなことで呼んだんだ、という様子」は、本音そのものだったのだろう。

「仕方なく、目ぼしい町医にも内々を念押しして来ていただきましたが、見立てはどれも同じです。いや、どの医者も見立ては無いのです。『熟談』と言いましたが、内実は、どうあっても助かる見込みはないという中身を、言葉を換えて延々と話し合いつづけただけでした。そして、結局は、母親の悲嘆を少しでも和らげる手立てを講じたらどうかというところに行き着いて、誰からも声が上がらなくなりました。それで、まだ佐江が赤子の病を知らぬうちに、子がえしをするべきなのだろうと観念するに至ったわけです。まさか、その寄合を佐江に聴かれているとは夢にも思いませんでした」

患者の家族に接する態度はともかく、人体の内景の知識が無い医師が匙《さじ》を投げるのは致し方ないことだ。

実理と実用を結びつける医療の先頭を行く向坂先生でさえ、「直腸の端が筋のある場所に届いていない場合は、いまの医学では対応する術がありません」と語った。「医師として悔やしい限りです」と。「さらに悔やしいのは、そもそも、直腸の端がどこまで下りているかを正しく測る手立てがないことです」とも言葉を重ねた。

向坂先生といえども、治療できる症例は限られている。ましてや、疾病を臓器で把握することができぬ医師の手に負えるはずがない。だから義父は、限られた時と、伝統の医療の範囲において、やるだけのことはやったことになる。

「きっと、佐江は私たちが家名に傷がつくのを恐れて遺棄の算段をしていると思ったのでしょうね」

義父はふーと大きく息をついてから、絞り出すように言った。

「そんなわけがないじゃありませんか」

そして、つづけた。

「私は御国の赤子《あかご》養育《よういく》仕法《しほう》を推し進める役割を仰せつかっている者ですよ」

赤子養育仕法とは、ひとことで語れば、間引きと堕胎《だたい》を防止するための仕組みだ。藩が三年前から始めたのだが、それには、子を持つことに対する百姓たちの心積もりの変化があった。

当たり前の百姓は「夫婦かけむかい」で生きていく。つまり、夫婦一体であり、女も働く、というよりは、女が働く。男より働く。男は田畑だけだが、女は田畑もやれば、布も織る。着物も縫う。飯もつくれば、子も育てる。女は生きるすべてであり、女なしでは百姓家は成り立たない。子は死産でも、母親が無事ならば「安産」とされる所以《ゆえん》だ。

だから、出産と子育てに女の時を取られ過ぎると、「百姓成立ち」が脅《おびや》かされる。そこに、間引きという悪弊がなくならない、そもそもの根があるのだろう。

けれど、近年は、いささか事情が変わってきた。止むに止まれずに間引くのではなく、最初から子は「一両人《いちりょうにん》」、つまり、一人か二人と決めてかかる百姓家が目立ってきたのである。常に窮迫している小農だけではない。富貴と見なされている上層農民のあいだにも、子沢山《こだくさん》を蔑視《べっし》する見方が広がっている。それがために、村人の数の減少に歯止めがかからない。で、間引きと堕胎を防ぐための仕法を実施せざるをえなくなった。

まずは、村ごとに、妊娠三、四ヶ月の妻の数を把握する。三、四ヶ月とするのは、堕胎する者の多くが、五ヶ月から八ヶ月に集中しているからだ。五ヶ月より前は血の塊《かたまり》だが、五ヶ月を過ぎると人の体《たい》を成して、母体から分離しやすくなると考えられているようなのである。私は、むしろ逆だろうと思うのだが、世の中のあらかたはそう見なしているらしく、だから、まだ堕胎できない三、四ヶ月の段階で摑んでおく。

そうしてまとめた懐妊帳に基づいて、妊婦の一人一人を出産に至るまで注視する。赤子が出生しなかった流産、死産、そして、出生はしても産後二十一日までに病死した場合は、医師を伴って実際に骸《むくろ》を検分し、間引きと堕胎がなかったかを検める。

あった場合は刑を科すが、実施には慎重を期さなければならない。極端に貧しい百姓家だと、米の二、三俵の科料《かりよう》だけでも暮らしが立ちゆかなくなるからだ。赤子養育仕法は間引きと堕胎を防ぐ仕組みだが、眼目はその先にある。村の働き手を確保することにある。仕法を進めた結果が、働き手を減らしたのではなんにもならない。

だから、違反者に厳罰を科して見せしめにするようなやり方はこの仕法に馴染《なじ》まない。逆に、そのような極貧の家でも三人目を育てているような場合は、養育手当を支給するなどの褒美を用意する。勘どころは、妊婦とその夫が、懐妊から出産、産後まで、ひたすら周りから見られていると、骨身《ほねみ》に染《し》みることである。いつも人の目があってうんざりする、と音《ね》を上げるほどに、子産みに関わりつづけるしつこさが、「子がえし」を躊躇させることになる。

おのずと、仕法を実施する担い手は、常に村人と共にある者たちになる。名主を筆頭とする村方三役であり、五人組の組頭であり、平百姓から選ばれた赤子《あかご》制導役《せいどうやく》であり、在村医師だ。藩の役人が出る幕は限りなく少ない。赤子養育仕法は、村の指導者層に頼り切った仕組みなのである。

だから、義父の「そんなわけがないじゃありませんか」という訴えには力がある。

現実に仕法を進めるのは、さまざまな困難を伴う。妊娠三、四ヶ月の妊婦の把握にしてからが、すこぶる厄介だ。男の役人は三、四ヶ月も経水《けいすい》がなければ懐妊だろうと踏む。が、当の女房たちから、経水が不順で、三、四ヶ月くらい間が空いても当たり前と言われれば、その先へは踏み込みにくい。実際、女房たちが妊娠を意識するのは、五、六ヶ月を過ぎて腹が大きくなるか、あるいは、胎児が動くかするときらしい。

そのように、仕法の出だしにしてから厄介で、しかも、先へ進めるほどに厄介さは増す。いわく言いがたい取扱いが山積《さんせき》する。だからといって、手を抜くわけにはゆかない。四季ごとに、懐妊と死胎調べの詳細な書式を藩の赤子養育横目《よこめ》に提出しなければならないからだ。書式の詳細さが、注視のしつこさを促すのである。

義父たちにしてみれば、藩に対して言いたいことが山ほどあろう。赤子養育横目は軽輩の御役目である。微禄で、横目の家じたいの暮らしが立ちゆきがたく、堕胎が明かるみに出た家もあった。自分たちはいい加減にやっておいて、面倒はすべて村へ押しつける。憤《ふん》懣《まん》やるかたなくても無理はない。

「私どもは、村から間引きと堕胎を一掃するという難儀な御役目に日々取り組んでいます。その肝煎《きもい》りである私が、家名を守りたいがために、己れの孫を亡き者にするはずもないでしょう。子がえしを考えざるをえなくなったのは、あくまで助かる見込みがなかったからです」

　母の登志と初めて拡の尻を検めたとき、私は北澤の親類縁者の寄合を、『養生辨』と結びつけて考えた。あれは自省しなければならない。もとより、佐江の心情を想った結果が「子がえし」となったことを認めるわけにはゆかぬが、少なくとも、已れらの家名に傷がつき、苦を抱え込むのを怖れたのではないことは理解しなければならないだろう。

「田沢村の向坂清庵先生に診てもらおうとはしなかったのですか」

　それはそれとして、私は問うた。土地の主だった医者にはあらかた声を掛けて、手を尽くしたにもかかわらず、顔ぶれのなかに向坂先生が入っていなかったのが不可解だった。義父にそういう知識があるかどうかはわからぬが、本来なら、真っ先に診断を仰いでよいはずだ。

「さきさか、せいあん……」

　直ぐには頭に浮かばぬ名前のようだった。

「ああ……」

　ややあってから言った。

「確かに、町医の一人の口から、そんな名前が出ました」

　そして、埒《らち》もない、という風でつづけた。

「でも、その医者は蛮医《ばんい》でしょう」

「蛮医……ですか」

いまどき、「蛮医」などという言葉を口にする者が居ることに、私はいささか驚いた。

「蛮医」は「蛮夷」に通じる。しかも、口にしたのは北澤平右衛門だ。村における知の砦《とりで》たる名主であり、私の義父だ。

木綿や生糸、紙など、カネに換わる作物で富を蓄えた名主層は、いまや百姓の長《おさ》にとどまらない。漢詩や和歌、俳諧《はいかい》、絵画、そして考証学や国学などの学問……中央の文化の吸収に持てる財力を傾け、地方の文化の底上げを実現しているのが名主である。日本という国が概《おおむ》ね、均衡を保ちつつ文化を発展させているのは、名主たちの功績と言ってよい。

義父はまさしくそうした文人たらんとする名主であり、能《よ》く本を読む。古典と国学を中心とする蔵書は一万冊を超えるともいわれ、近在のみならず、全国の蔵書家に知られている。名主ではなく、古典の考証家として、北澤平右衛門の名を記憶している者も珍しくない。その義父をもってしても、西洋外科医は「蛮医」らしい。

「蛮医ということは、あの高野長英の仲間ということでしょう」

義父は言葉を重ねる。その言い方で、私は考え直す。あるいは、そういう義父だからこそ、西洋外科医は「蛮医」なのかもしれない。もとより、知は万能ではない。知を遠ざける知もある。「蛮医」の「蛮」も、また「蛮夷」の「蛮」も、本来は「南蛮」の「蛮」だ。

が、義父の頭のなかでは、どちらも「野蛮」の「蛮」なのだろう。

「そんな無法な医者に、大事な孫を診させるわけにはゆきません」

もしも、町医の一人の意見を聴き入れて、「蛮医」に診てもらっていたら、産後間もない佐江が赤子を抱いて、冬の夜道を四里も歩き通すことはなかっただろうと思いながら、私は言った。

「いま、その蛮医の向坂清庵先生に診ていただいています」

「えっ！」

義父はあからさまに驚いた。

「治るそうです」

「治る、って?!」

しどろもどろに、つづけた。

「その医者は、もう、検めているんですよね」

「尻を、ですか」

「はい」

「もちろんです」

「その上で、治ると言っている？」

「ええ」

「尻の穴をつくるとでも言うのでしょうか」

きっと、義父は、陽を西から昇らせる、ような意味合いで「尻の穴をつくる」と言ったのだろう。

「そのとおりです」

努めて淡々と、私は言った。

「つくるそうです」

「つくるって、そんなことが……？」

闇《やみ》は身の近くにある。闇とは想わなかったところが、ひときわ深い闇であったりする。でも、闇がいつまでも闇でありつづけるわけでもなかろうと思いつつ、私は言った。

「できるのです。蛮医なら」

私は一人で義父の相手をしていた。佐江には義父の来訪を伝えたが、会おうとはしなかった。

「大丈夫なのでしょうか。信じて」

義父の目に、疑念と侮蔑《ぶべつ》の色が増す。佐江が義父と和解するにしても、少し先になるかもしれないと想いながら、私はくっきりと言った。

「大丈夫だと思います」

そうと答えた四日後、佐江と私は尚理堂で手術が終わるのを待っていた。

拡を抱いて手術室から出てきたときの、向坂先生の晴れ晴れとした顔は忘れようがない。

「見てやってください」

弾む声で、先生は言った。

「ご子息はよおくがんばりました」

そうつづけて、拡を仰向けに寝かせ、両足を軽く持ち上げた。

私は動かずに一つ息を呑み、佐江は両の指と膝を使ってすっと前へ進み出た。

進み出て、食い入るように柔らかな二つの腿《もも》のあいだを見る。

みるみる涙が溢《あふ》れ出る。

ぼろぼろ、落ちる。

落ちるに任せる。

嗚咽《おえつ》を堪えて、あとずさり、先生に向かい両手を突いて、無言のまま額《ひたい》を畳に擦《こす》りつけた。

私も、見る。

穴がなかった尻を見る。

私の目からも涙が湧く。

湧き上がる。

人はこんなことができる。

人は神様がつくらなかった尻の穴をつくることができる。

先生は、神様より偉い。

私もまた畳に額をつけつつ、零《こぼ》れ落ちる涙で、自分の裡のなにかが流れ落ちていくのを察したが、そのときはそれがなんなのかわからなかった。


最初の薬線緊紮から半月近くが経って、十月の十三日である。

この間、幾度となく薬線の結び直しをしているが、〝人の痛みがわかる〟父が控えているからか、御藩主はいたって平静に過ごされている。

先生のお話では、寒さが増すと身体の負担が重くなるので、遅くとも月末までには断裁の手術を終える予定とのことだ。

すでに、漏口と肛門とのあいだの壁は五分ほどに縮まっていて、痔漏刀を使う目安である三、四分にあとひと息というところらしい。ひとことで語れば、ここまでは至って順調である。

この間、父とは、〝人の痛みがわかる〟話をしていない。

父が御藩主のみならず、母の疼痛を、私の疼痛を、写すことができるのかを訊いていない。

もしも写すことができないのに私が問えば、父は答えるべき言葉を見つけるのに難儀するのではないか。

私としても、御藩主の疼痛を写すことができて、なんで血を分けた子である私の疼痛を写すことができないのか、想いを巡らせざるをえないだろう。

で、父のほうから口を開くまで、私からは話を向けないことにした。

取り立てて、通じ合えぬと意識する事柄もなかった父とのあいだに、初めて、不通の径路ができたことは確かであり、まったく気にならないと言えば嘘になる。

が、その不通の径路を細いと見るか、太いと見るかは、気の持ち方次第だろう。

現実にある道のように、道幅が定まっているわけではない。

いくらでも幅を変える。

そして私の目には、径路が消えはしないものの、とりあえず細く映る。

その径路のために、父との仲が、ぎこちなくなることはなかった。

逆に、人には通じにくい秘密を分かち合うことになったせいか、父と御藩主と私の、三者の間柄《あいだがら》はずいぶんと密になったと感じられた。

これまで触れることもなかったようなお話を、御藩主が折に触れて、直に私にされるようになったのである。

なかでも最も胸底に刻まれたのは、父の御役目の話だった。

あるとき御藩主が、唐突に、「重彰は不満に思わぬか」と切り出された。

「なにが、でございましょう」

いきなり、不満と思わないか、と問われても、答えようがない。

「親父殿の役目だよ」

「御役目でございますか」

また、ずいぶんと直截《ちょくせつ》であらせられる。

「そうだ。小納戸頭取だ。元重の役目としてはあまりに軽いと感じよう」

「小納戸頭取は……」

いったん、腹に置いて、言葉を反芻《はんすう》してから声に出した。

「重い御役目と存じております」

私の言葉が聴こえぬかのように、御藩主は言われる。

「元重は、余が藩主となるのに、功、大であった。親父殿から聴いておるか」

「いえ」

即座に受けてから、つづけた。

「そういう風聞が耳に入ることもありましたが、あくまで人づてで、父から直に聴いたことはございません。父は、その界隈《かいわい》の話を語りたがりません」

「元重らしいな」

笑みを浮かべて、御藩主は言われた。

「元重が言わぬのだから、余も細かいことは言わぬが、当時、藩論はほぼ将軍家の御血筋をお迎えすることで固まりかけていた。それを覆して、いま、こうして余が藩主の座にあるのは偏《ひとえ》に永井元重の働きによる」

初めて、風聞が風聞でなくなる。

「本来なら、家老になっていてよいところだ。そうでなくとも、執政なり側用人《そばようにん》なり、藩の政の中枢に居て当たり前だ。なのに、ずっと小納戸頭取のままで、余のお守《も》りをしている。ずいぶんと恩知らずの殿様ではないか」

「滅相《めっそう》もございません」

御藩主のお世話に当たる小納戸頭取は、譜代筆頭の永井家には似つかわしい御役目ではなかろうか。古くからの家来は、藩政よりも家政に携わったほうが収まりがよいようにも思える。

「実は、余も恩を返したかった。家老、永井元重を見たかった。しかし、できなかった。なぜだか、わかるか」

「さて……」

御藩主が望まれたにもかかわらず叶わなかったとすれば、通常ならば、当時の藩内の力関係になるのだろう。御藩主はまだ幼かった。もしも、父の家老就任に異を唱える一派があったとしたら、抗し切れなかったとしても不思議はない。不思議はないが、腹には落ちにくい。御藩主も、そして父も、そんな派閥争いなどという、ありきたりの話には馴染まぬ気がする。

「当時、余は十一歳だ」

御藩主はおもむろに切り出された。

「藩主が替われば、すべての藩士に知行《ちぎょう》を封《ほう》じ直し、要職に就く者を召し出さねばならん。とはいえ、十一歳の子供にそんな大事がこなせるはずもない。御用召《ごようめし》に書き入れる名前はすべて元重が用意した。ただし、押しつけたのではない。考えろ、と言ったのだ。考え抜いた上で、自分で決めろ、となし

「それはまた……」

乱暴極まりない。

「当然、余は、考えろと言われても考えようがない、と言い返した。わかっているのは名前だけで、いかなる人物なのかはなにひとつわからん。それで、いったい、どうやって考えればよいのか、とな」

「なんと、答えました?」

「それでも、とにかく考えろ、と言った。五日のあいだ、考え抜け、とな」

日頃の父とは、ずいぶん様子がちがう。

「御藩主はいかがされました？」

「考えるしかなかろう」

すっと言ってから、言葉を重ねられた。

「当初、余は元重が用意した名前のとおりで構わぬと思っていたのだ。元重もそのつもりなのだろう、とな。しかし、どうやら、そういうことではないらしい。そのうち、とんでもない無茶まで言い出す。聴いてるうちに、なにやら腹立たしくなってな。子供ながらに、やってやろう、という気になってきた。で、とにかく考えることにした」

さすが、十一歳の男子だ。そして、さすが、父だ。父は敢《あ》えて無理難題を言うことで、十一歳の御藩主から、みずから動く気持ちを引き出し、一刻も早く、真の御藩主になっていただこうとしたのだろう。

「どうやって、考えられたのです？」

「人物のことはまったくわからんのだから、役目のほうから考えていくしかない。そこは十歳そこそことはいえ、こういう家で育てば習わぬ経を読むで、どういう職分の役目なのかがなんとのうわかっている。その、なんとのうを、ああではないか、こうではないかと、類推を働かせて、あくまで己れなりにだが、せいぜいくっきりとさせていった」

「それで、五日が経って……」

「用意された名前の者がどういう人物なのか、元重に質した。五日のあいだに、それぞれの役目にはどういう人物が適材であるか、召出しの条件を考えていたので、それに適《かな》っているかどうかを確かめようとしたのだ。元重は余が質した事項についてだけ答えて、己れの意見はけっして言おうとしなかった。己れの用意した名前の者についても薦めることがない。短所を尋ねれば、隠さず言う。そういう営《いとな》みを半月ばかりもつづけて、すべての名前が固まったときには、当初の元重の案とは半数を超える名が入れ替わっていた」

ふうと、ひとつ息をついてからつづけられた。

「思うに、最初からそうなるのを想定して、案を立てたのであろう」

「最初から、でございますか」

「元重の案ではなく、余の案として仕上がるように仕組んでおいたのだ。意図して、役に合わぬ名を置いてな。おぬしの親父殿はそういう男だ。能く謀《はか》る。謀るのを好まぬが、謀らねばならぬときは能く謀る」

それは、わかる。「願うしか救いようがないときに禁句はない」のだ。

「藩政を担うのに、ぴたりとは思わぬか」

「はて……」

「『ぴたり』はどうか……。父が「能く謀る」のは、「願うしか救いようがないとき」のみだろう。ずっと、謀りつづけなければならない重職に、適任かどうかはわからない。

「で、余は家老の名前に、永井元重を入れた」

「それは、御下知でございますか」

「ああ、下知だ」

ならば、やはり、父の家老が実現しなかったのは、藩内の力関係のゆえなのか……。

「しかし、固辞した。頑強に固辞した。元重がな。家老も執政も側用人もだ。そして、それまでの役と同等の小納戸頭取を望んだ。そのときだけは己れの意見を言い、そして譲らなかった」

父の語ろうとしない父が、輪郭をつくっていく。

「十一歳の余とて、元重がそう出るかもしれぬことは想定していた。欲のない人物には見えていたが、やはり、見えていたままかと、嬉しくさえあった。であれば、なおさら、勤めてほしい。そうか、と認めるはずもなく、幾度となく、押し問答を繰り返した。けれど、結局、折れた。余のほうがだ。固辞の理由を聴いて、折れざるをえなかった」

「どのような、理由なのでございましょう」

私は正面からお尋ねした。問い方を推敲《すいこう》する余裕はなかった。

「将軍家の御血筋の話が覆ったのは、元重が下級藩士を束ねたからだ。譜代筆頭でありながら恬淡《てんたん》とした元重は、下級藩士に根強い人望があった。元重の下に彼らが一枚岩になったからこそ、余の藩主は実現した。通常ならば、下級藩士から目ぼしい者を抜擢《ばってき》して、要職に充てるところであろう。けれど、それをしてはならぬと元重は制した」

「己れが束ねたにもかかわらずですか」

「ああ、顕彰は十分にしなければならない。しかし、それを御役目の形で与えては、国が落ち着かなくなる、とな」

「落ち着かなくなる……?」

「動き癖がつく、ということだ」

「動く、癖、で、動き癖でございますか」

「ああ」

「誰に、どう、『動き癖』がつくのでございましょう」

「動けば出世できるのが前例になれば、次の藩政の曲がり角でも、必ず動く者が出てくる。あるいは、次の曲がり角を待ち切れずに、みずから曲がり角をこしらえようとする者も出てくるだろう。となれば、藩は常に政争を抱えるようになって、ひいては国が落ち着かなくなる。国が落ち着かなくなれば、百姓も商人も逃げる。つまりは富が逃げる。民がいよいよ窮乏する。だから、藩士に動き癖をつけてはならぬ、とな」

私は、得心するあまり、思わず声を上げそうになった。

「腹に落ちてございます」

堪えて、言葉にした。

「余もそうだった。十一歳ながら、その理由を聴いてすっと腹に落ちた」

「では、父はそのために……？」

「そのとおりだ。譜代筆頭で最大の功労者である元重が、それまでの側勤めと変わらぬ小納戸頭取にとどまり、なんの不満も漏らさなかったら、下級藩士たちも論功行賞で不平を言えなくなる。だから、元重は小納戸頭取を望み、以来、ずっと勤めつづけているのだ。城代とて、永井家に敬意を払わざるをえないのは、譜代筆頭の家柄ゆえだけではない」

思わず、吐息が漏れた。譜代筆頭の家の当主であることは、想うよりも遥かに重石《おもし》がかかるようだ。

「恐れ入った男であろう」

御藩主も、言われた。

「そちの親父殿は」

なぜか、独り言のような、声の出され方だった。

言い終えると、ふっと目を遠くに遣られた。

そのとき私は、打たれたように思いついたのだ。

けっして、御藩主にお尋ねしてはならぬことを。

「ひとつ、伺ってよろしいでしょうか」

なのに、私は言っていた。

「なんだ」

「お手打ちになるやもしれませぬが……」

「この躰で手打ちは無理だろう。言ってみい」

「御藩主は……」

ぎりぎりまで迷った。

「御藩主の座を望まれていたのでしょうか」

「つまり……」

ぽつりと、御藩主は言われた。

「ほんとうは、望んでなどいなかったのではないか、と言いたいのだな」

そのとおりだった。

御藩主の知らなかった顔を知るに連れ、大名家の相続に欣喜《きんき》する姿が見えにくくなっていった。

それを、おぼろげではなく感じたのは、御藩主が〝人の痛みがわかる〟話をされたときだ。

藩主就任を手放しで喜ばれるような、平板な御仁には見えないと思った。

御藩主には御藩主ではない道だってあったのでは、とも思った。

いまは、藩主の座など望んでいない御藩主を、父が強引に押し上げたのかもしれぬとさえ想っている。

そういう想いが、噴き出してしまったらしい。

「余は十一歳だった」

私の返答を待たずに、御藩主は唇を動かされた。

「十一歳の童《わっぱ》に、望んでいたか、いなかったかを見極めるのは無理だ」

声に芯が戻っている。

「そのとき、望んでいなかったという気でいても、ほんとうに望んでいなかったかどうかはわからない。ほんとうは、という類《たぐい》の語りはあまり信用せんほうがいい」

抑制の仕方も、御藩主は平板ではない。

「そして、余はいま藩主である。藩主は、いま藩主であることがすべてだ。望んでいたか、いなかったかは意味がない。いま藩主である余が考えていることは二つだ」

御藩主の語りは、私の問う覚悟を上回って進み、私は微《かす》かに怖気を覚える。そんなことまで、承《うけたまわ》ってよいのか、と。

「一つは、己れの性癖をせいぜい民の安寧《あんねい》な暮らしに寄与するように律することである」

これなら、伺ってもよかろう。

怖気が退きかける。

御藩主は日々、語られたとおりのことをなされている。

「そして、もう一つは、言わん」

言わん……。

「なにも言わん。誰にも言わん。そういうことだ」

御藩主は言われている。

私ごときに、誰にも、なにも言わぬお考えがあるのを、言われている。

怖気が有り難さに変わって、私は震えた。

伝えていただいたことに震えた。

それがなにかなど、考えもしなかった。

「それからな」

軽い声で言われた。

「手打ちにはせん」

常に痛みと共にある御藩主には申しわけないが、十月の仙草屋敷での日々は、そのように、それまで知らなかったことを知る、とてつもなく意義深いものとなった。そして、それは向坂先生についても言えた。

私の義父が名医、向坂清庵を「蛮医」と呼んだのは、いまから一年も前のことだ。そのときも先生が身を置いている場所の危うさを、これまでとはまったく異なる向きから知ることになった。

この国において、北澤平右衛門の知の蓄積は、城下を含めても突出している。武家はもとより、お抱えの儒家を含めても対抗できる者は限られよう。その平右衛門をして、「そんな無法な医者に、大事な孫を診させるわけにはゆきません」と言わしめるに至っては、もう、どこからどう礫《つぶて》が飛んでくるかわからない。

とはいえ、一年前の向坂先生は、評判を取ってはいるものの、あくまで一人の在村医だった。

危うい場所に身を置いているのは察したし、それが現実の脅威になりかねないとも感じてはいたが、どこかに、考え過ぎ、と抑えようとする己れが居た。向坂清庵の名はまだ、病に苦しむ人たちの枠の内にとどまっており、敵を見つけ出さずにはいられない者たちの目には触れにくかった。

けれど、あの手この手で隠しているとはいえ、麻酔を用いた手術で御藩主の治療に当たっているいまは、とうてい〝考え過ぎ〟とは思えない。当初、不安を拭えなかった御藩主の痛みへの弱さがなんとかなり、治療が順調に推移するほどに、いったんは仕舞《しま》い込んだ危うさが私の裡で広がっていった。もしも、順調が途切れるとしたら、向坂先生の身に変《へん》事《じ》が起きることしか考えられなくなった。

私にとって、向坂先生は〝神様よりも偉い〟存在である。私はどうにも心配になり、しばしば、先生の警護を担当の者と代わるようになった。結果として、それは、知りたくとも知りえなかった先生のさまざまな側面を知る、得がたい機会となった。

先生には常に患者が張り付いていた。どの患者にとっても診療の時は貴重なので、顔を合わせたときは治療の話に終始するしかなく、私もほぼ一年、拡の状態の話をするだけで先生と交わっていた。だから、尚理堂と仙草屋敷との道々は、拡の病と離れた話を交わす、またとない場となったのである。

御藩主から昔の父の話を伺ってから六日後、仙草屋敷からの帰り道で、先生が「ちょっと寄り道はできますか」と言った。警護に当たる身なので、少しだけ迷ったが、少しだけだった。

「実は、ご褒美をいただきました」

足を動かしながら、先生は言った。

「御藩主からですか」

私は問うた。いまの時点で、先生が私にそうと語るとすれば、御藩主よりとしか考えられない。

「ええ、告げられたのは御父上からですが、御殿様の思《おぼ》し召《め》しとのことです。まだ治療の途中ですので、本来なら辞退すべきなのですが、このご褒美はありがたく頂戴《ちょうだい》させていただくことにしました。前々から、お願いしていたのです」

「そのご褒美がなにか、伺ってもよろしいでしょうか」

先生が「前々から、お願いしていた」ものとはなんだろう。

「もちろんです。いま、そのご褒美へ向かっています」

向かっている……？

「三倉山《みくらやま》です。御留山《おとめやま》の三倉山ですよ。ご褒美は、三倉山へいつでも自由に立ち入ってよろしいという御赦しです。御朱印状をいただきました」

御留山とは、管理に当たる山同心《やまどうしん》以外の立ち入りを禁じられた山のことである。禁じる理由はさまざまだ。保水のためであったり、材木の保全のためだったり、御城で使う薪炭《しんたん》を確保するためだったり、はたまた、松茸《まつたけ》などの茸《きのこ》の乱獲を防ぐためであったりする。三倉山の場合は、薬草の保護である。

三倉山は石灰《いしばい》の岩から成る山で、さほど高さはないにもかかわらず、高木が育たない。麓《ふもと》の他は草と低木で覆われていて、お椀《わん》を伏せたような山形《さんけい》の頂き一帯も草原になっている。見た目は草の山といった風情であり、つまり、全山《ぜんざん》、とりどりの草でいっぱいだ。草の一割は薬草と言われるから、草の種類が多いほど薬草も多いわけで、おのずと三倉山も薬草が豊かな山になる。

その上、おそらく石灰と地域の気象の恵みなのだろう、三倉山に限っては一割どころか二割が薬草らしい。で、古くから薬草の宝庫という評判が知れ渡り、放っておけば採り尽くされてしまうということで、もう、私の生まれるずっと前から御留山になっていた。

私も、むろん、その存在は知っていたが、これまで入山したことはない。家老を含めてあらゆる藩士の監察を担う、目付という御役目に立ち入れぬ場所は無いのだが、御勤めでもないのに決まりを破ることは控えている。

その三倉山への出入りを向坂先生が「前々から、お願いしていた」とすれば、それは先生が本来、漢蘭折衷派の医師だからだろう。向坂先生といえば、最新の麻酔術を用いた西洋外科医の像が強いが、内科については漢方で治療に当たる。私も学びかけた和田東郭の学統で、古医方を軸とはするが、患者が治りさえするのなら、後世方でもなんでも使うという、実地診療優先の流儀である。当然、漢方処方の基となる生薬《しょうやく》への関心は高いはずで、三倉山への出入り自由という褒美なら喜んで受けるのも素直にうなずけた。

「川柳《かわやなぎ》が見えてきましたね」

三倉山を水源とする仙了川《せんりょうがわ》沿いの川岸をさかのぼっていると、先生が言った。季節は十月も半ばで、葉はあらかた落ちていたが、目を向ければ確かに川柳で、並木と言うにはいささか背丈《せたけ》が足りぬが、川を縁取るように群生している。もともと水辺に根を下ろす低木で、生薬としての名は、細柱柳と書いて、ツヅリ、あるいはヅクリと読ませるが、あまり漢方としての活躍は聞かない。私の記憶には、子供の頃にカブトムシやクワガタがよく捕れた木として残っている。樹液が甲虫にはすこぶる美味らしい。

「シーボルトが残した『薬品応手録《やくひんおうしゆろく》』という冊子があります」

先生は淡々と言う。

「そのなかに、水楊《すいよう》として川柳が出ていました。薬品としてはサリクシです」

「川柳が、ですか⁉」

以前から『薬品応手録』なる冊子があることは耳にしていた。私が医師修業を始めた天保二年は、シーボルトが日本を離れた文政十二年から二年後に当たる。私のような入門間もない者の耳にも、その存在は届いていた。目ぼしい西洋医薬品を百種近く列挙したもので、日本での代用品もいくつか入っているらしい。各地の医師への手土産代わりに、シーボルトが日本人の門人に和訳させたもののようだ。私自身は『薬品応手録』に手を伸ばすような域に達する前に医療の場を離れたので、丁《ちよう》をめくったことはない。それだけに、カブトムシの木が、シーボルトが挙げる西洋医薬品と結びついたのは意外も意外だった。

「解熱や鎮痛に用いる薬のようです」

先生はつづけた。

「吉田長淑《よしだちようしゆく》という、十八年前に四十六歳で亡くなった医師が居ます。日本で初めて西洋内科の看板を掲げて開業した医師で、日本でも西洋の医薬品を使うことができるようにするため、奮闘した方でした。その吉田先生も、解熱剤として西洋では欠かせないキナキナの代わりに、水楊の樹皮を選んでいます」

吉田長淑は父と同い歳の医師である。なんで知っているかといえば、滅多に自分の医師修業時代を語らない父が珍しく語ると、決まって吉田長淑の名前が出たからだ。父の師は宇田川玄随先生で、吉田長淑の師は桂川甫周先生というちがいはあったけれど、どちらの師も同じ江戸住まいで、甫周先生の御屋敷は蘭方医たちの集会所のようなものだったから、直ぐに顔見知りになったらしい。

「知り合った当初こそ、同い歳ということで同期のような気分でいたが、直ぐにとんでもないと察することになった」

父は語ったものだ。

「蘭語を吸収する力がとてつもないのだ。とうてい太刀打ちできん。儂が医師修業を二年で打ち切ったのは、むろん、永井の家を継ぐためだが、吉田長淑の間近に居たことで、己れの力を見切ったこともある。いくら頑張っても、こいつの足元にも及ばぬと思い知らされた。なにしろ、入門した翌年には十七歳にして、もう、蘭学者相撲《すもう》見立番付に載ったのだ。そして、その四年後にはレメリーの薬物事典を訳出している。あとは、あの名著『泰《たい》西熱病論《せいねつびょうろん》』まで一気呵成《いっきかせい》だ。ものがちがうと言うしかない」

その俊才《しゅんさい》が、西洋では不可欠の解熱剤の代替品として川柳を挙げたということで、カブトムシの木は私の裡でますます株を上げる。でも、私は吉田長淑を知っていることを先生に言わなかった。言えば、父と私が医師修業をしたことも言わねばならない。別に隠すつもりはないが、私たち父子は医師修業はしていても医師ではない。明かしても、先生と医師どうしの会話ができるわけではない。それでいて、中途半端に医学に通じているために、医師と患者側としての会話もおかしなものになってしまう。いずれ、もっと親しくなれば、話す機会も出てこようが、とりあえず御藩主の治療が終わらぬうちは、いまのままの関わりをつづけることにした。

「蘭方を志した者は、決まって医薬品の壁に突き当たります」

先生は足を止め、すべすべした川柳の幹の樹皮に手を当てて言った。

「蘭方が長く外科の領域にとどまり、内科へ踏み込めなかったのは、一にも二にも、西洋の医薬を日本でそろえられなかったからです。解剖学によって医理と実用を結びつけても、日本ではその成果を外科でしか表わすことができなかった。医薬がそろわぬために、内科では漢方との明らかな差を見せつけることができなかったのです。私が外科は蘭方で、内科は漢方なのも、それがためです。むろん、蘭方の先達《せんだつ》はこの壁を乗り越えるために、格闘をつづけてきました。西洋の医薬品に絞った著作を次々に板行してきたのです」

樹皮から手を離し、再び、三倉山へ向けて足を動かしながら、先生は言った。

「西洋の薬学と日本の医療との橋渡しに挑んだ嚆矢《こうし》は、宇田川玄随先生の『遠西名物考《えんせいめいぶつこう》』

です。『西説内科撰要』の板行が四十九年前の寛政五年ですから、おそらくその少し後かと思われますが、これは残念ながら未完でした。次いで、寛政の末年、桂川甫周先生と吉田長淑先生によって『和蘭薬撰《おらんだやくせん》』が訳出されましたが、これも板行には至りませんでした。初めて、本格と呼ぶにふさわしい書が世に出たのは、宇田川玄真先生の稿本にご養子の榕《よう》菴《あん》先生が校補した『和蘭薬鏡《おらんだやっきょう》』三巻で、これが二十二年前の文政三年です。西洋の医薬を日本や支那の医薬と照らし合わせて、いまある薬を西洋式に用いる道を開きました」

そこまで語ると、先生はふっと目を上げ、「おっ、裏白樫《うらじろがし》がありますね」と言った。「民間薬の顔とも言える高木ですが、結石《けっせき》の石を消す効き目は民間薬どころではありません」。

そして、つづけた。

「勝手に一人で医薬のことばかり語ってしまって、ご迷惑ではありませんか」

「とんでもありません」

私は先生が漢方医として三倉山を目指しているものとばかり想っていたのだが、どうやら、そうではないようだ。私は掛け値なしに話のつづきが聴きたかった。

「『和蘭薬鏡』の次を伺いたい」

私はくっきりと言い、先生は返事の代わりのようにすっと語り出した。

「『和蘭薬鏡』からわずか二年後ですから、いまから二十年前、玄真先生と榕菴先生の父子は、西洋の薬学を日本の医療のために集大成したとも言える書を世に問います」

野道を行く先生の足取りは確かだ。歩き慣れているらしい。診療室と手術室のみに居るわけではないということだ。

「『遠西医方名物考《えんせいいほうめいぶつこう》』全三十六巻です。西洋の医薬をイロハの順に網羅し、それぞれについて、産地、形態、製法、薬効、そして用法を説きました。日本に無い医薬はその性質を把握し、代用できるものを探して紹介しています。驚くべきは、文政五年から八年までのわずか三年で、三十六巻のすべてを板行していることです」

「凄《すさ》まじいですね」

「凄まじいです。信念なしには望めません。その甲斐《かい》あって『遠西医方名物考』は、西洋医薬の薬学書としては稀有なほどに広い支持を受けました。その後も、宇田川父子の板行の頻度は落ちません。三年後には玄真先生によって『新訂増補和蘭薬鏡《しんていぞうほ》』十八巻の板行が始まり、そして、その完了から四年後、玄真先生が亡くなられた天保五年には、榕菴先生が中心になって、『遠西医方名物考』の補巻である『遠西医方名物考補遺《ほい》』九巻が世に出ました。これがわずか八年前です。我々は、西洋の薬学と日本の医療との橋渡しをするという流れの、只中《ただなか》に居るということです」

「先生もまた……」

私は思わず言葉を挟んだ。

「その流れのなかに身を置かれているわけですね」

もはや、先生が漢方医としてではなく、西洋内科医として三倉山へ向かっていることは明きらかだった。

「身を置いているかどうかはわかりませんが……」

少し間を空けてから、先生はつづけた。

「身を置きたいとは思っています」

仙了川の川幅が狭まり、入山口《にゅうざんぐち》が近づく。

「お話ししてきたような、先人たちによる大きな功績がありながら、私はいまなお漢蘭折衷派として医療に当たっています。『遠西名物考』から五十年近くが経っても、そういう現実があるということで、まだまだこの流れは太くしていかなければならない。私にどれほどのことができるのかはわかりませんが、診療の空いた時はすべて、こうして代用になりうる薬草の探索に充てています」

「すべての時を息抜くことなく、医学に費されているわけですね」

やはり、先生は、神様よりも偉い。

「息は抜いておりますよ」

笑みを浮かべて、先生は言った。

「薬草の探索は楽しいです。こうしていても、これからどんな薬草たちと出会えるのかと、わくわくしています。三倉山を全山踏破するのは何年もかかるでしょうから、今回のご褒美は、私にとっては玩具の山を頂戴したようなものです」

「奥様はなにかおっしゃいませんか」

「妻《さい》はおりません。やはり、こういう暮らしをしておりますと、独りのほうが自由が利きます」

先生が言うと、すっと腹に落ちる。

「すでに両親は他界し、兄弟も病で亡くしておりますので、よく、お寂しいでしょう、などと言われますが、係累《けいるい》がないということは、なにはばかることもないということでもあります。私のような人間には、かえってよいのかもしれません。あ、アマドコロですね。イカリソウもあるな」

先生の気は直ぐに路傍の薬草に行く。

「今日は山へのご挨拶《あいさつ》のようなもので、山麓《さんろく》だけで戻りますが、ひと区切りついたら、じっくり歩いてみたいと思っています。一度、三倉山をよくご存知の方に案内していただけるとありがたいのですが、できたら、気持ちの命じるままに歩き回りたいので、山同心ではない方にお願いしたい。とはいえ、五十年近く前からの御留山だそうですから、なかなか居らっしゃらないでしょうね」

「そうですね……」

正直、私は「五十年近く前」とは思っていなかった。私の生まれるずっと前、とだけ聞いていたので、もっと昔のような気になっていた。五十年近く前なら、父が十四、五の頃になるだろうから、ひょっとして三倉山を登ったことがあるのではないか。そういえば、ずいぶん前に三倉山の話になったとき、〝ああ見えて、けっこう危ない場所もある〟というようなことを言っていた覚えがある。あるいは、御藩主は本草学にも興味をお持ちだから、御留山になってからもお供で登ったことがあるかもしれない。

「心当たりを探してみます」

父の顔を想い浮かべながら、私は言った。

「よろしくお願い申します」

わざわざ足を止めて、先生は頭を下げる。そして、再び、足を動かそうとしたとき、思い出したように「あ、それから」と言って、懐中から書付《かきつけ》のようなものを取り出した。

「忘れぬうちに、これをお渡しししておきます」

「なんでしょうか」

「ご子息に処方している白雲膏の調合表です。華岡流の便覧とは少し組成がちがうので、したためておきました。これがあれば、私が居らなくなったとしても、ご自身で白雲膏がつくれるので、受け取ってください」

「たいへん、ありがたいことで、喜んで頂戴しますが……」

受け取る前に、私は言った。

「『私が居らなくなったとしても』というのが気になります」

「ああ」

先生は笑みを浮かべて言った。

「山ですよ。この三倉山です」

思わず私はさらに近づいた入山口に目を遣った。

「縁起でもないかもしれませんが、危ない場所もあると耳にしているので、万が一のことを考えて、やることだけやっておこうと思っているのです」

「たしかに縁起でもありませんが、そういうことでしたら」

私は調合表を受け取って言った。

「そんなことにでもなったら、困り果てる者が大勢居ます。くれぐれも注意なすってください」

「肝に銘じます」

先生は真顔《まがお》になってうなずいた。


その日、私は永井の屋敷に戻った。

父が、断裁の手術になる前に、一度、様子を見てこい、と言ってくれたのだ。

仙草屋敷での治療が始まってからはずっと泊り込みで、帰るのは初めてだった。

私が居ないあいだ、浣腸と指入れのときに拡の足を持ち上げる役は、母の登志に頼んでいた。

佐江と母は実の母娘《おやこ》以上に母娘らしかったから、心配はしていなかったが、それでも後ろめたさを抱きつつ玄関に立つと、佐江が笑顔で、今朝《けさ》、御勤めに出た夫を迎えるように迎えた。

その様子で、留守中、なにも問題が起きていないことが伝わった。

着物を着替え、居間でくつろぐ私の姿を認めて、「あらっ」と声を上げたのは母のほうだった。

そして、待っていたかのように、「あなたにお話があります」と、つづけた。

「なんでしょう」

「これを機に、拡の世話はわたくしがやるようにしたらいかがでしょう」

「世話というのは、つまり……」

私は問うた。母はしばしば、藪《やぶ》から棒を言う。

「浣腸と指入れのことですか」

「さようです」

「母上が代わると言われるのは、これからずっと、ということでしょうか」

「ええ」

「それは、今回は長く屋敷を空けましたが、今回はまた特別の事情でして」

私は慌《あわ》てて弁解した。

「それはよおく存じております」

「それでしたら……」

抗弁しようとする私に、母は言った。

「あなたの小指は太いでしょう」

「はあ?」

それは、まちがいない。

「指入れをするには、あなたの小指は太すぎますから、拡の足を持ち上げる役と決まってしまいます。わたくしでしたら、佐江と同じように細いので、適宜《てきぎ》、役を替えて世話をすることができます。そのほうが融通が利きます」

「それは、そのとおりでしょうが……」

「佐江も楽になると思うのです」

私の言い分に蓋《ふた》をするかのように母は言った。

「指入れを休むことができますからね」

それを言われると、言い返す言葉が見つからなくなる。

けれど、指入れは、私にとって大事な時なのだ。

ただただ親と子を感じる、大事な時。

いつも足を持ち上げながら、自分も指で拡の生を感じられたらな、と思う。

「佐江は承知しているのでしょうか」

「いえ」

間を空けずに答えてから、つづけた。

「佐江には言っておりません。言わずに、察して、動くのが、親というものです」

「ならば、佐江とも話したあとでお返事する、ということでよろしいでしょうか」

「けっこうです。そうなさい」

で、私は、気持ちが味をつくっている久し振りの夕餉のあと、佐江と拡と三人になったときに、おもむろに言った。

「指入れは……」

拡は二十日余りも帰らなかった父と向き合っても泣きもせず、よく笑った。

「気を張るであろうな」

「はい」

すっと、佐江は答えた。

「気は張らねばならぬと存じております」

目を拡の顔に預けて、つづけた。

「あのように、先生に頂いたので」

「うん」

そうだ。先生に頂いた。神様から頂けなかった尻の穴を、先生に頂いた。

だから、佐江は気を張って、気を集めて、小指を入れる。

「あれから朝夕、ずっと休みなしで、疲れはせぬか」

「いえ」

きっぱりと答えてから、言った。

「わたくしは母上から嫁にと見込まれた女でございますよ」

笑みを浮かべて、つづける。

「柳のように強うございます。先生が危惧されたように、自分のせいなどと思ったりはいたしません。それに、この子がヒルコとも思っておりません。ですから、辛く思ったことはございませんし、疲れも覚えません。それに……」

「それに?」

「いつも貴方《あなた》に、たいへんではないかと気にかけていただいております」

「そうか……」

譜代筆頭の永井家は当然、御目見以上《おめみえいじょう》である。妻は夫を「御殿様」と呼ぶ習わしだ。でも、母は父を「御殿様」ではなく「貴方」と呼んだ。表向きは、御国で「御殿様」と呼んでいいのは御藩主だけという理由だが、私はそれはあくまで表向きだと思っている。ともあれ、母にとって父は「貴方」であり、母に仕込まれた佐江も当然、私を「貴方」と呼ぶ。私は「貴方」という呼ばれ方を気に入っている。

「ですから、一年経っても、ぜんぜん平気です。神様より偉い先生も、外れることがあるのですね。お通じもちゃんとしていて、なにやら、二年と言わず、もう少しで指入れと浣腸を終えることができるような気がいたしております」

「真か」

「あくまで気がするだけではございますが……」

「気がする、だけだって望外だ」

「ほんとうに、さようでございますね」

「だがな……」

「はい」

「母上がな……」

「ええ」

「指入れと浣腸を代わると言われるのだ」

「貴方と、でございますか」

「ああ」

「それは、また、なにゆえに？」

「私では、小指が太いから、足を上げる役だけになって指入れができない。つまりは、交代ができない。だから、指の細い自分のほうが融通が利くという、まあ、そういう御趣旨だ」

「はあ」

「佐江はどう思う？」

私は当然、いまのままでよい、という答を期待していた。

「そうでございますね……」

できたら、いまのままのほうがよい、という答を。

「母上がそのようにおっしゃるなら……」

ん……。

「そのようにしても、よろしいのでは」

私は少なからず気落ちした。

「そうか……」

なかなか、うまく立て直せない。

「やはり、時には休みが要るか」

独《ひと》り善《よ》がりであったな、とも思う。佐江の「一年経っても、ぜんぜん平気」という言葉に甘えすぎた。

「そういうことではございません」

けれど、佐江は言った。

「わたくしはつまり……母上のおっしゃることには逆らいかねるのです」

「逆らいかねる……」

ということは、母が今度に限らず、もろもろ押しつけているということか……。

ならば、嫁いびりもしていなくはないということか。

実の母娘以上に母娘らしいと見ていたのは、自分のただの願望か。

揺るぎない己れの目を持つ母も、しょせんは姑《しゅうとめ》ということか。

「日頃から……」

どのように言ったものか、と思いつつ、私は唇を動かした。

「そういうことがあるのか」

「いいえ」

間を置かずに、佐江は答えた。

「わたくしの言い方がわるうございました」

私は次の言葉を待つ。

「母上には、いつもよくしていただいております。不平なんぞ口にしたら、罰《ばち》が当たります」

そう、なのか……。

「わたくしがこのように元気にしていられるのも、母上が、門前に押しかけてくる、わけのわからぬ者たちから守ってくださっているからです」

それは、確かにあるだろう。

「わたくしは母上を鑑にさせていただいております。いつも、母上のような女子《おなご》になりたいと存じておるのです」

私は耳に気を集める。

「だからこそ、なのでございます」

目は合わせずに言った。

「母上のおっしゃることには逆らいかねるのです。なんと、申しますか……」

言葉を探して、つづけた。

「わたくしは母上に褒められたいのです」

そういうことか……。

「一人前の女子として、母上に認められたいのです。母上が押しつけるから逆らえないのではなく、母上のようになりたいから、母上に褒められたいから、逆らえぬのです」

だから、「母上のような妻」でも「母上のような母」でもなく、「母上のような女子」という
ことか……。

「ですから、いつも、母上ならばこうされるだろう、ああされるだろうと思案を巡らせて
動いております。でも、やはり、母上には遠く及びません。今回のお話もそうです」

「今回のお話」……？

「今回の、というのは、私と役を代わるという話か」

それが、いまの話の成り行きと、どういう関わりがあるのだろう。

「きっと、母上は貴方と拡の世話を代わりたいわけではありません」

話は想わぬところを向く。

「母上は、そういう言い方で、貴方を御勤めに専心できるようにされているのです」

あっ、と私は思った。

「指入れの交代ができるというのは御本心でしょうが、でも、それは貴方と代わると決め
たあとから思い当たられた御本心でしょう」

私はほんとうに鈍い。

「貴方は御目付という重職にありながら、この一年、御城を空ける御用のときを除いて、
拡の世話を一日たりとも怠《おこた》ることがございませんでした。陰口を叩かれても後ろ指を指さ

れても、一向に意に介することなくつづけられた。さすがに、拡のことはわたくしのせいではない、という貴方のお気持ちは周りに知られるようになっています。むろん、知れ渡っているとは申しませんが、一年前とはまったくちがいます。そこを判じられた母上は、御殿様がこのような状況にあるいまは、御勤めに専心するべきであるとお考えになったのです」

なんで、佐江がそうと察して、自分が気づかぬのだろうと、私は思った。

「けっして、拡のことはもういいと思われたわけではございません。拡と母であるわたくしを守るのが第一という、母上の心柱《しんばしら》はいまも真っ直ぐに通っています。通しながら凝り固まることなく、うつろう状況に合わせて応じ方を変えられます。心柱を曲げたのではなく、そのようにして心柱を守られているのです。貴方に御勤めに専心していただくのも、心柱を曲げぬためです。拡とわたくしを守るために、貴方を守ろうとされているのです。そこが、わたくしが遠く及ばず、逆らいかねるところで、ですから、わたくしは母上に褒められたいのです」

私は、私が見抜けなかった母を語る佐江の話に引き込まれながらも、どこかで聴いたことがあるように感じていた。

いや、言葉ではなく、「母上に褒められたい」という佐江の気持ちに、どこかで触れたことがあると感じていた。

そして、直ぐに、私が御藩主に、藩主の座を望まれていたかと問うたときであると思い当たった。

「そして、余はいま藩主である。藩主は、いま藩主であることがすべてだ。望んでいたか、いなかったかは意味がない。いま藩主である余が考えていることは二つだ」

あのときの情景が、別の色を帯びてよみがえる。

「一つは、已れの性癖をせいぜい民の安寧な暮らしに寄与するように律することである」

と言われてから、御藩主は「そして、もう一つは、言わん」とつづけられた。

「なにも言わん。誰にも言わん。そういうことだ」

御藩主が、誰にも、なにも言わぬお考え。

あのときは、心底を明かしていただいたことがただただ有り難く、それがなにかなど、考えもしなかった。

けれど、いま、私は、きっと……と、思っていた。

きっと、御藩主は「褒められたい」のではないか。

父に、褒められたいのではないか。

已れの痛みを写してくれる父に、国を乱さぬために小納戸頭取にとどまりつづける父に褒められたいのではないか……。

九歳のときから三十の半ばになられた今日までずっと、父に褒められたいという一心で、動いてこられたのではないか。


翌朝、仙草屋敷に戻って、父に、屋敷の様子見《ようすみ》の礼を言った。

面と向かうと、昨夜はくっきりとしていた想いが、萎《しぼ》んだり膨らんだりした。

その日の段取りを寄り合い終えると、忘れぬうちにと思い立って、三倉山の案内役が欲しいという向坂先生の意向を伝えた。

「さすがだな」

感に堪えぬ風で、父は言った。

「あれだけお忙しいのに、合間を縫って代用品の探索とは、ほんとうに見上げた御仁だ」

そして、つづけた。

「あの近在の名主とは昔、懇意にしていたので、然るべき者を紹介してくれるように伝えておこう。きっと、とっておきの者が見つかるであろう」

「父上はやはり時が取れませぬか」

父がよいのかどうかはわからない。でも、私が最初に想い浮かべた案内役は父だった。

「こういう時期だからな。それに、儂ではお役に立たんだろう」

「三倉山へは？」

「行ったことはあるが、もう五十年余りも前だ。植生《しょくせい》も様変《さまが》わりであろう。季節を愛《め》でる山入りならお供もできようが、先生の山入りは代用薬の探索だ。しっかりと三倉山をわかっている者が案内しなければならぬ」

いつもの地に足の着いた父で、昨夜の想いがまた萎んだ。


御藩主の痔漏断裁手術は五日後の十月二十一日に行われ、成功した。

それまでがあまりに順調だったので、逆に、どこかに想いも寄らなかった落とし穴があるのではと、内心《ないしん》、不安を抱えつづけていた。

意識すると現になりそうで、頭をもたげるたびに慌てて打ち消していたのだが、手術は断裁を含めてするすると運び、なんの支障もなかった。

薬線緊紮のときよりも、麻酔こそ少しばかり時を要したものの、それも父に言わせれば、「前回が子供並みに短かったのであって、今回が当たり前」なのだった。

術後の経過もよく、ひと月の後、快癒が公表された。

藩政の安定を考えれば、藩主の療養の結果はできうる限り速やかに周知させねばならない。長引けば、要らぬ憶測を招いて、余計な波風が立ちかねない。

予後《よご》の見極めにはすこぶる慎重で、ふだんなら三月《みつき》は経過を観た上で成否の判断を下す向坂先生も、そのあたりは斟酌《しんしゃく》されたということなのだろう。経過の観察はつづけるという前提で、同意された。

公表の際、治療が麻酔を用いた痔漏の手術であり、向坂先生の執刀で行われたことも明らかにされた。

先生が望まれたのである。

最後まで迷われていたが、結局、麻酔の伝道者としての務めを果たされたのだろう。

蘭方外科医、向坂清庵の名は一気に広まった。

◆◆◆

「仙台《せんだい》藩の医学館を存じておるか」

御藩主が問われる。

「仙台藩、医学館、でございますか」

多少なりとも蘭方と関わった者で、仙台藩医学館を知らぬ者は居ない。あらためて思い起こすこともないのだが、私は一応、返答を腹に置いてなぞってから声に出した。

「藩が整えた医学校としては初めて、蘭方を導いたのが仙台藩医学館と聞いております」

快癒の公表から二月《ふたつき》が経った、本丸の御座《ござ》の間《ま》である。年が替わって、天保十四年の初《はつ》春《はる》だ。

「さすがだな」

断裁の手術から数えれば三月が過ぎるが、余病は起こらず、再発もない。向坂先生も完治の太鼓判を押した。御藩主の御顔にも御声にも、一点のくすみもなく、梅が気持ちよく香る。

「田舎の藩の目付で、仙台藩医学館を、それも、わが国西洋医学の医育《いいく》の嚆矢として覚えている者など、そうはおらんぞ」

褒めていただけるのは嬉しいが、私の気は、なんで御座の間で仙台藩医学館の話が出るのかに行く。御座の間は言ってみれば御藩主の居間である。政務に当たる表《おもて》でも政務から離れる奥《おく》でもなく、中奥《なかおく》といったところだ。仙台藩医学館の話をされるなら、表でもよいのではないか。なにゆえに、中奥の御座の間なのか……。私は水面《みなも》から水底《みなそこ》の流れを読むように、御藩主のお話を伺う。

「北の藩であるにもかかわらず、いまより二十一年前の文政五年、西国の藩に先駆けて医学校で蘭方を教えた。これが、どんなに先進の取り組みであったかは、つい一昨年まで、追随する藩が一つも現われなかった事実が物語っている。

「先進の取り組み」は、時期尚早《じきしょうそう》の取り組み、と紙一重《かみひとえ》である。仙台藩医学館の蘭方医育もそうだった。転《ころ》がりようによっては、早々に頓挫《とんざ》しかねなかった。

創立は文化十四年で、藩校、養賢堂《ようけんどう》から独立した。五年後の文政五年、例のなかった医育を推し進めたのは初代学頭《がくとう》、渡部道可《わたなべどうか》である。漢方医でありながら蘭方にも深い理解を示した人物で、一関《いちのせき》藩の藩医だった佐々木中沢《ささきちゅうたく》を、蘭方医育の要《かなめ》である蘭方外科助教に抜擢する。

中沢は大槻玄沢先生の芝蘭堂《しらんどう》で四天王に次ぐ逸材とされた和蘭外科医だ。その中沢が相《あい》方《かた》として選んだのが、馬場佐十郎《ばばさじゅうろう》塾の同門で吉田長淑にも師事したことのある小関三英《こせきさんえい》であり、俊才二名を得て藩立医学校初の蘭方医育は力強く歩み出した。

けれど、そのわずか二年後、道可が急逝する。代わって二代目学頭となった奥村玄安《おくむらげんあん》は蘭方を主軸に育てようとするものの、漢方派との確執《かくしつ》に破れ、中沢も三英も医学館を去る。お決まりの、出る杭《くい》の蘭方と打つ漢方とのせめぎ合いである。

状況からすれば、誰もが、やはり、早過ぎた試みの結果であり、そこで蘭方の系譜は途切れたと観るだろう。ところが、医学館は堪える。あのシーボルトに学んだ小野寺丹元《おのでらたんげん》などを得て、蘭方医育の灯《あか》りを点しつづけるのである。そこが、仙台藩医学館の真似《まね》のできないところであり、真似ができないからこそ、どこも追随できなかったわけだ。

なにゆえに仙台藩医学館に限っては、漢方と蘭方の相克《そうこく》を乗り越えて、この二十一年、蘭方医育を存続させることができたのか……。私も一度調べてみたいと思いながら、そのままになっている。

「やはり、一関の大槻一族の力は見上げたものであるということだろう」

私の胸底が見えているかのように、御藩主は言われる。

「医学館が大槻玄沢先生の意見書に基づいて組まれたのは承知だな」

「はい」

仙台藩の藩医だった玄沢先生が、医育の改革案である『御医師育才呈案《ごいしいくさいていあん》』を出したのは、医学館の発足から七年さかのぼった文化七年だ。そこで玄沢先生は蘭方導入こそ明示していないものの、師弟関係に閉ざされていた医術を開かれた学問に転換するとともに、これまで「雑科《ざっか》」として軽んじられてきた外科、鍼治《しんじ》、口科《こうか》、眼科を、本道の内科と平等に扱うことを提起している。

「玄沢先生が医学館に果たされた役割はそれは大きい」

御藩主が説かれるように、初代学頭の道可が進めた蘭方医育も、この呈案を受けたものであることは疑いない。仙台藩における玄沢先生の、医師の枠に収まらぬ旺盛《おうせい》な勤めぶりからすると、その後も縁は切れていなかっただろう。だから、玄沢先生の役割の大きさを、否む理由はなにもないのだが、それがそのまま医学館が堪えた理由かとなると、素直に首《しゅ》肯《こう》するのは難しい。

むろん、堪えた大きな理由ではあっただろう。けれど、すべての理由ではなかったはずだ。なによりも、玄沢先生が亡くなられたのは十六年前の文政十年である。つまり、蘭方医育がつづいているこの二十一年のうち、存命でおられたのは最初の五年にすぎない。玄沢先生の偉業の他にも、大きな理由があると見たほうが無理がなかろう。

それに、御藩主は「一関の大槻一族の力」と言われた。たしかに、玄沢先生は一関藩の磐《いわ》井《い》郡西磐井で代々大肝入《おおきもいり》を勤める名門、大槻宗家の係累である。宗家七代の清慶《きよよし》の代に、父君の玄梁《げんりょう》が分家となった。玄梁は一関藩の藩医であり、玄沢先生も跡を継いだから、「一関の大槻一族」であることにまちがいはない。けれど、玄沢先生が、一関藩の本藩である仙台藩の藩医に抜擢されて江戸定詰《じょうづめ》となったのは三十歳のときである。それから亡くなられるまでの四十一年を、仙台藩藩医として送られた。もはや、仙台の、あるいは江戸の大槻玄沢と見てよいだろう。

なのに、なぜ、御藩主は「一関の大槻一族の力は見上げたものである」と言われてから、玄沢先生の役割の大きさに言及されたのか……。私は訝りながら、御藩主の次のお言葉を待った。

「しかしながら、玄沢先生お一人の力で存続したのでもない」

やはり、と私は思う。

「仙台藩医学館の蘭方医育が今日までつづいたのには、もう一人の大槻一族の力が欠かせなかった」

もう一人の大槻一族……。

「藩校、養賢堂の学頭、大槻平泉《へいせん》殿だ」

あっ、と私は思った。医学館ばかりに気が向かって、本校の養賢堂が目に入っていなかった。

「玄沢先生が大槻宗家六代茂性《しげうじ》の孫なら、平泉殿は宗家九代清雄《きよお》の御子《おこ》だ。齢は玄沢先生より十六歳下。養賢堂学頭となったのは文化七年で、玄沢先生が『御医師育才呈案』を提出した年と重なる。当然、強い影響を受けたであろうが、平泉殿は玄沢先生の色に染まり切るような御仁ではない。昌平黌《しょうへいこう》に学んで、あの寛政の三博士の一人である古賀《こが》精里《せいり》の代作をしたと言われるほどの碩儒《せきじゅ》でありながら、学頭になる前の三年は遊歴《ゆうれき》をして広く学び、一年滞在した長崎ではあの蘭学の英才、志筑忠雄《しづきただお》とも交わっている」

「儒者でありながら、志筑忠雄と……」

時として志筑忠雄は歴代最高の和蘭通詞《おらんだつうじ》と形容されるが、志筑に限ってはそれは褒め言葉にならない。志筑は歴代最高の窮理学者であり、歴代最高の天文学者であると言うべきである。さもなければ、ケイルの書を原本とする『暦象新書《れきしょうしんしょ》』三編を著すことはできなかったろう。

あれは、訳とは異なろう。訳とは外国語を日本語に置き換える営みを指す。が、『暦象新書』に書かれている内容のあらかたは、対応する日本語がなかった。というよりも、対応する概念がなかった。だから、志筑は未知の概念を我がものとすることから始め、それから「重力」「真空」「地動説」といった日本語の数々を創っていった。もしも大槻平泉が志筑忠雄と交わるために長崎を目指したとしたら、ただの儒者であるはずもない。

「儒者でありながら、という話なら、平泉殿にはたんとある」

笑みを浮かべて、御藩主はつづけられる。

「儒者でありながら、儒者を好まなかったというのも、その一つだ」

「そうなのですか」

「儒学にのめり込む者の故国はどこだと思う?」

笑みを消さぬまま、御藩主は問われた。

「それは、日本人の儒者でございますか」

「そうだ」

私が日本と答えて、御藩主が支那だと正《ただ》す……ふつうなら、そういう筋書きだろうが、御藩主の笑みを目にした私は言っていた。

「のめり込む者であれば、気持ちの上では支那かと」

「ちがうな」

即座に、御藩主は否まれた。

「支那ではない。中華だ」

そうこられたか、と私は唸《うな》った。

「彼らの頭のなかにある世界の中心は中華だ。中国だ。支那でも、唐《から》でもない」

ふと、書と画に秀でた風雅の人として評価も高い、さる文人大名の逸話が浮かんだ。江戸屋敷の書院は床も壁も調度も、一分の隙もなく中華風で埋め尽くされ、自筆の画を長崎の唐館《とうかん》の書画人に見せて〝日本風がまったく窺えない〟と評されたときは、無上の賛辞と受け取めて幸甚《こうじん》を隠さなかったという。

「支那が中華であるなら、日本はどうなる」

御藩主はつづけられる。

「それは東夷《とうい》でございましょう」

中華の北の未開人が北狄《ほくてき》、西が西戎《せいじゅう》、南が南蛮、そして東が東夷だ。

「そうだ。東夷だ。東の野蛮人だ。彼らはみずからを東夷の野蛮人と貶《おとし》める。平泉殿はそういう儒者に我慢がならなかった。日本人でありながら、日本を卑下して顧みない。そして、そういう輩が政に関与している。で、思われたのだ。これで、いったい日本は大丈夫なのか、とな」

仙台藩医学館から入った話が、想わぬところへ向かう。

「もとより、北の仙台藩である。蝦夷《えぞ》地では文化魯寇《ぶんかろこう》が起きたばかりで、仙台藩も出兵している。外からは魯西亜《ろしあ》の南下《なんか》の脅威、内には卑下を習いとする御用学者たち、ということで、とにかく、実の力をつけなければこの国は持たぬと認識されたのだろう」

文化三年九月、樺太《からふと》にあった松前《まつまえ》藩の入植地が魯西亜の軍船による襲撃を受ける。このときはまだ、松前藩と魯西亜との戦だった。が、翌四年四月、今度は南部《なんぶ》と津軽《つがる》の藩兵二百三十人余りが守りを固めていた択捉《えとろふ》の幕府の会所が襲われる。全軍の指揮を執っていたのは箱館《はこだて》奉行配下の幕臣、戸田亦太夫《とだまたたゆう》。鉄砲百余丁に加え数門の大筒を用意し、湊《みなと》には南部藩の軍船まで泊っていたが、火力の差はいかんともしがたく、程なく戦意を喪失して、全員、撤退する。戸田は敗走の途上で自裁《じさい》し、無人となった会所は略奪され、焼き尽くされた。〝異国が震え上がる武威《ぶい》の国〟であるはずの日本が、完膚《かんぷ》なきまでに負けた。それが、幕府が隠しに隠した文化魯寇だ。

「となれば、四の五の題目を並べてはいられない。日本の国力の向上に寄与するものなら、進んで受け入れなければならない。儒者に似合わぬ、平泉殿の実用の学に対する開明さは、そうして育てられた。長崎から遠く隔たった仙台藩が洋学に前のめりなのも、それでうなずけよう。医学館を独立させたのも、そして、その医学館に蘭方科を置きながら本校の養賢堂にも蘭学方を設けたのも、はたまた算学の学科を新設したのも、平泉殿ならではの識見の表われと言える。そういう平泉殿がずっと、いまに至るまで養賢堂の学頭の席に在る。それは、医学館も堪えるだろう」

私は得心するしかない。

「平泉殿には蘭語を自在に読み解く力はない。蘭方外科の医術を身につけているわけでもない。けれど、広く世の中の実態を直視して、問題に適切に対処する仕法を組み立てる力がある。仙台藩医学館が存続するには玄沢先生と、平泉殿の、二人の大槻一族の力が必要だったということだ」

「一関の大槻一族の力」が、腹に落ちた。

「ところでな」

不意に声の力を抜いて、御藩主は言われた。

「平泉殿だが、誰かに似ていると思わぬか」

誰かに……。

「藩士で、でございますか」

「そうだ」

「はて……」

主だった面々を頭のなかで並べてみるが、これはという者は思い当たらない。

「浮かばぬか」

御藩主が痺《しび》れを切らされる。

「はい」

「親父殿だよ」

すっと御藩主は言われた。

「父、でございますか」

仙草屋敷で〝人の痛みがわかる〟話を伺ったときもこんな風だった、と思い出しながら、私は受けた。

「ああ、元重だ。平泉殿を知れば知るほど、よく似ていると思わされる」

重なるところはあるだろう。しかし、私は、いましがたの御藩主の話でしか大槻平泉殿を知らない。言われるほどに似ているかどうかはわからない。

「だからな……」

御藩主はつづけられる。

「実は、昨年、慶智館に蘭学科を設けた際も、蘭方の医学館を創ろうとしたのだ」

初めて耳にする。蘭学科を新設するだけでも簡単ではなかったのに、その先まで考えておられたとは……。

「我が藩には永井元重が居るでな。仙台藩医学館のように、堪えて存続する医学館を創るための、要件の一つを備えていることになる」

いったい、いつから、御藩主はそんな企《くわだ》てを温められていたのだろう。

「俄かに思いついたわけではないぞ」

あたかも見抜いているかのように、御藩主は言われた。

「ずっと以前より、仙台藩医学館につづく、日本で二番目の蘭方の医学館を設けたいと想っていた。が、いつか、いつかと思っているうちに、二十年近くが経ち、一昨年、松江《まつえ》藩に先を越されてしまった。せめて三番目を創りたかったが、躊躇しているあいだに、昨年、佐倉《さくら》藩にも追い抜かれた。なにゆえ、元重が居りながら、ためらったのか……。わが国には大槻平泉は居ても、大槻玄沢が居なかったからだ。足腰の強い医学館にするためには、秀でた学頭と、そして、秀でた医家が必要だ」

すでに、向坂先生はこの国で医業を開いていた。けれど、御藩主の視野には入っていなかったのだろう。父の話では、今回、向坂先生に執刀を依頼したのは、本間棗軒先生に推挙していただいた蘭方外科医の名簿の筆頭にその名があったからだ。つまりは、それまでは向坂先生の医家としての力をご存知なかったことになる。けれど、私はたしかめるつもりで問うてみた。

「向坂先生は御目には留まっていなかったのですね」

「いや」

けれど、御藩主は否まれた。

「耳に入ってはいた。その医療の力もな」

そして、つづけられた。

「しかし、当時の向坂清庵には、大槻玄沢にあったいっとう大事なものが欠けていた」

いっとう大事なもの……。

「名声だ。医療を施すだけなら、名声は不要だ。しかし、蘭方の医学館を発足させ、存続させるためには名声が要る。それも、全国に知られるほどの名声が望ましい」

そのときになって、私はようやく、なんで御藩主が仙台藩医学館の話を持ち出されたのかを理解した。

「つまりだ……」

御藩主はつづけられた。

「いまならば、大槻平泉と大槻玄沢がそろっているということだ」

手術のあとも、向坂先生の患者に対する構えはなにも変わらない。が、向坂先生に注がれる世の中の目はまったく変わっている。手術と麻酔を一体にした向坂清庵は、いまや華岡青洲を継ぐ名医であり、「欠け」は見事に埋まった。御藩主はいよいよ、蘭方の医学館の開校に向けて動き出そうとされているのだろう。わが国で四番目とはなるが、十分に壮挙である。未だに、西国には一校もない。痔漏の麻酔下での手術の成功が藩立の蘭方医学校を生み出す……痛快ではないか。

「父はもう、このお話を知っているのでしょうか」

私は胸の高鳴りを覚えながら問うた。私に話されるなら、父にはとうに語られているはずだ。父からは聴いていないが、すでに慶智館の学頭就任の御下知を受けているのかもしれない。

「いや、知らぬはずだ」

けれど、御藩主は言われた。

「というよりも、医学館の件については、最初から元重には伏せている」

「伏せておられる……?」

「元重にはずっと仕法の段取りを用意させてばかりいたのでな。ひとつくらい己れの力ですべて組み上げて、万事、整ったら、慶智館の学頭就任を切り出して驚かそうと思っているのだ」

笑みを浮かべながら語られる御藩主を目にするうちに、間近でお話をさせていただいた仙草屋敷での日々がよみがえった。そして、手術前にひと晩だけ、己れの屋敷に戻ったときに感じた想いを、また感じた。

きっと、御藩主は、父に褒められたいのではないか、と……。

もしも、そうなら、御藩主は、医学館というお手柄を、父に自慢したくてうずうずされていることになる。

「そこでだ」

おもむろに、御藩主は言われた。

「元重に伝える前に、内々で、向坂先生の御意向を重彰のほうから確かめておいてほしいのだ。余としては、これが先生への御礼のつもりでもあるのだが、御礼になるかならぬかは、受ける側しだいだろう。相手が重彰なら、先生も正直なところを口にしやすいはずだ。正式の依頼ということではなく、あくまで内々ということで、それとなく進めてくれ」

それで、中奥の御座の間だったのかと、私は得心した。仙草屋敷に秘密裡《ひみつり》に詰めていた四人の関わりの裡で、話を固めていく御所存なのだろう。

「新設される蘭方の医学館の学頭に、ということでございますね」

「そうだ。同時に、慶智館の学頭には永井元重が就く」

「承りました」

お伝えする前に、もろもろ思案せねばならぬと思いつつ、私は御座の間をあとにした。


御藩主は「それとなく」と言われたが、いま、向坂先生を「それとなく」訪ねるのは難しい。すこぶる難しい。

もう、ずっと前から患者がひしめいていた尚理堂だ。御藩主の手術の成功が公になってからは、その混雑ぶりに拍車がかかっている。それまで麻酔下での手術など考えてもみなかった者たちが、お殿様でさえやったのだから、と新たに診療を待つ列に加わった。

列のなかには、義父の北澤平右衛門の姿もあった。向坂先生を「蛮医」と言い、「無法な医者」呼ばわりした平右衛門だ。かねてからの脱腸《だつちょう》持ちだったが、腹壁《ふくへき》から腸が出るたびに押し込むのが常で、格別、病とも見なしていなかった。けれど、身近に居た同病の者が腸が跳び出たまま戻らぬ嵌頓《かんとん》となって、急逝してから慌てたようだ。急いで調べてみれば、脱腸は手術でなければ治らない。で、「蛮医」を訪ねることになったのである。

もっとも、先生に向ける義父の顔に変化が表われたのはもっと早く、拡の尻に肛門がつくられたのを知ってからだ。助からぬと覚悟した孫が日に日に子供らしくなっていくのを目にするに連れ、先生への疑念と侮蔑の色が消えていった。そして、御藩主の痔漏の快癒が明きらかになってからは、敬意さえ覗いて見えた。変わり身の早さを責めるつもりは毛頭ない。頑迷固陋《ころう》よりは、ずっといい。ともあれ、義父のような者でさえ前言《ぜんげん》かなぐり捨てて列に並ぶのだから、どれほど混んでいるかは推して知るべしだろう。

〝ちょっと近くまで用があったので寄ってみました〟というわけにはゆかぬし、〝岩魚《いわな》が釣れたのでお裾《すそわ》分けに〟なら、まだいいだろうが、それなら門人に手渡して、会わずに帰るのが礼儀というものだ。

警護のため、という理由も、いまとなっては理由にならない。向坂清庵の名は、襲うには大きくなりすぎた。華岡青洲を襲う者が居なかったように、もはや、向坂清庵を襲う者も居ないと見てよかろう。

いっとう差し障りないのは、拡の診察のあとに少しだけ時を割《さ》いていただくことだが、一月の診察日は四日前に過ぎてしまった。むろん、症状が急変でもすれば、どんなに詰まっていても対応してくれる尚理堂だが、拡は至って元気だ。

これは拡に謝まらねばならぬのだが、私も、佐江も、気持ちのどこかに、拡の育ちが遅れるのを覚悟しているところがあった。期待を持ちすぎて落胆しないように、用心していたのかもしれない。立つのも歩くのも、そして言葉を口にするのも、他の赤子より遅くなっても仕方ないと戒めてきた。

でも、拡はそんな私たちの警戒心を吹き飛ばした。

年が替わって拡は三歳になったが、生まれてからの月数で言えば十六月だ。歩く子も居れば、歩かぬ子も居る。拡は歩く。両手を泳がせて釣り合いを取りながらではなく、ぶらりと下げて、ふつうに歩く。歩き始めたのが別段に早いわけではないが、早いほうではあるだろう。

言葉も話す。これも、どちらかといえば早いほうではないか。犬を目にして、「わんわん」と言うだけでなく、「わんわん、のる」と言う。物怖《ものお》じしない子のようで、父も大いに喜んでいる。犬に乗らせるわけにはゆかぬので、自分が座敷で馬になって背中に乗せる。そこに、企まねばならぬときは企む知略家の姿は微塵《みじん》もない。御藩主も父のそういうところを目にすれば、大槻平泉殿に似ているとは言われぬかもしれない。

父の馬の上で笑顔を振りまく拡からは、朝夕二回の指入れと浣腸を察するべくもない。尚理堂と縁のない子供と見分けがつかぬどころか、むしろ、活発なほどで、佐江は、指入れと浣腸の回数を減らす、あるいは、切り上げることさえ先生と相談したいと思っているようだ。できたら、おしめが取れる前に、尚理堂の世話にならぬようにしておきたいのだろう。急《せ》いてはならぬと釘《くぎ》を刺してはいるが、気持ちはわかってしまう。

そういうわけで、どう頭をひねっても、向坂先生とそれとなく顔を合わせるのはあきらめざるをえず、折り入ってご相談したいことがあるので、時を少し空けていただけないかという、至って策のない書状をしたためて、家の者に持たせることにした。それとなく訪ねることはできぬが、お会いしたら、せいぜい、それとなく話を持っていこうと心《こころ》した。

「ちょっとよいか」

襖の向こうから、父の声がかかったのは、その旨、筆を動かしていたときで、少なからず私は慌てた。言うまでもなく、今回の話は父には内聞にせねばならない。なにしろ、御藩主は「万事、整ったら、慶智館の学頭就任を切り出して驚かそうと思っている」のである。父親の異動を知っていながら口を閉ざしつづけるというのは、なんとも落ち着かぬ気分で、はて、何用《なによう》だろうと想いつつ、私は「どうぞ」と答えた。

「実はな」

座敷に入って腰を下ろすと、父はいきなり切り出した。

「隠居を願い出ようと思っている」

一瞬、父がなにを言っているのかわからない。

「いんきょ、でございますか」

「ああ、隠居だ」

「いんきょ、というのは、あの隠居の……」

「隠居と言えば、ひとつだろう。致仕《ちし》をお赦しいただく」

致仕のひとことで、「いんきょ」はようやく「隠居」になる。

「それはまた、なにゆえに？」

隠居とわかってみれば、あまりに唐突だ。そんな言葉を受け入れる用意は、頭のどこにもない。

「節目だ」

淡々と、父は答える。

「なんの節目でございましょう」

「御藩主が、長年、悩まされてきた御病から解き放たれた。三月《みつき》、ご様子を見てきたが、もう、心配あるまい。心機一転、新しいお気持ちで藩政に取り組まれることが期待される。となれば、この際、お仕えする者も一新されるのが望ましい。で、退くことにした」

父らしい潔さではある。が、年が替わっても、父はまだ六十四だ。重臣としてはむしろ若いほうで、隠居するには早すぎる。それに、父の存在はこの国の平穏に深く関わっている。単なる小納戸頭取の隠居では済まない。

「御藩主を筆頭に、父上の引退を望んでいる者など、誰も居ないと推察しますが」

まして、いまは、医学館の話が進んでいる。私は大槻平泉殿に父を重ねるときの、御藩主の御顔を想い浮かべる。

「そういうときが退き際である」

父はいかにも退くのが当然という風で語る。まるで、この機の引退はとうの昔に決まっていて、私のほうが聴いていたのに失念してしまったかのようだ。私は己れを鼓舞《こぶ》して言い返す。

「御藩主はそのように考えておられぬかもしれません」

考えておられぬ、どころではない。御藩主は医学館の企てを父に自慢したくて堪《たま》らなくなられている。

「お願い申し上げるのみだ」

考え直すつもりは毛頭ないらしい。私はいっそ言ってしまいたくなる。父と向坂先生を擁して、蘭方の医学館を創ろうとされていることを言ってしまいたくなる。けれど、やはり、それが初めて明かされるのは、御藩主の口からであるべきだ。私は懸命にちがう言葉を探す。

「なにか、隠居せねばならぬ別段の理由でもあるのでしょうか」

「だから、節目だ。区切りをつける」

なんで、そんな決まり切ったことがわからんのだ、という体だ。

「お赦しが出なかったときは……」

「出ぬことは考えていない」

御藩主と父との、二十七年に亘る密な結びつきを考えれば、お赦しは出ないと観るほうが自然だ。なのに、なぜ、出ぬことを考えずにいられるのだろう……。

「気がかりではないのですか」

仙草屋敷で御藩主から伺ったさまざまな父の話を思い出しながら、私は言った。

「なにがだ」

「父上がお側を離れたあとの御藩主のことが、です」

「御藩主は懸念無用だ。ご立派になられた」

きっぱりと父は言った。そして、つづけた。

「仙台藩医学館を存じておるか」

私はぎょっとした。なんで、いま、父の口から、仙台藩医学館が出てこなければならない？

「はい」

ともあれ、答えた。

「藩が整えた医学校としては初めて、蘭方を導いたのが仙台藩医学館と聞いています」

とりあえず、御藩主にお返ししたのと同じ答えを並べる。

「そのとおりだ」

父は頷《うなず》いてから、言葉を重ねた。

「いまより二十一年前、北の藩であるにもかかわらず、西国の藩に先駆けて医学校で蘭方を教えた。以来、今日まで、漢方と蘭方の相克を乗り越えて、蘭方医育を存続させている。どうやら御藩主は、この仙台藩医学館につづこうとされているらしい」

「つづこうとされている……？」

私は探りをいれる。

「蘭方の医学館を発足させたい御様子だ」

伝わってしまっているではないか！　私は仰天《ぎょうてん》した。御藩主が我慢が利かずに洩らしてしまわれたのか、あるいは、これまでのあらかたの仕法がそうであったように、もともと父が組み立てた構想なのか……。

「御藩主が父上に、そのような御存念を伝えられたのですか」

私は正面から訊く。

「いや」

父は間を置かずに答えた。

「御藩主からは伺っていない」

「ならば、医学館はもともとは父上の進言なのでしょうか」

「それもまた否だ。儂は医学館には関わっていない」

「ならば、なぜ、仙台藩医学館につづこうとされているとわかるのでしょう」

私はあくまで訊き役に徹する。どんなに透けて見えていようと、ご推察のとおりとは口が裂けても言わない。

「御藩主が九歳のときから二十七年だぞ」

すっと、父は言う。

「お言葉の端から、お考えを察することができなければ小納戸頭取など勤まらん」

だからこそ、永井元重は余人《よじん》をもって代えがたいのだろう。それがわかっていても、次につづいた父の言葉には、あらためて感じ入らざるをえなかった。

「仙台、蘭方、大槻。この三つの言葉がそろえば、お考えの輪郭は概ねつかめる」

それだけ、でか……？

「大槻平泉の名を耳にしたことはあるか」

やはり、それだけ、でのようだ。

「はい」

とだけ、私は答える。

「仙台藩の藩校、養賢堂の学頭だ。仙台藩医学館のみが、漢方と蘭方の相克を乗り越えて、これほどの長きに亘って蘭方医育を継承することができたのは、大槻玄沢という卓越した医家と、大槻平泉という非凡な学頭がそろっていたことが大きい。おそらく、御藩主もそのようにお考えなのだろう」

御藩主の「万事、整ったら、慶智館の学頭就任を切り出して驚かそうと思っているのだ」という御言葉がまた浮かぶ。そこまでわかってしまっていたら、御藩主の立つ瀬がないではないか。

「で、御藩主はわが藩にも、大槻玄沢と大槻平泉をそろえようとされた」

もはや、身《み》も蓋《ふた》もない。

「そこまでは察しがつく。おそらく、まちがいないだろう。だがな、そのそろえ方は、儂も想いもつかぬものだった」

そろえ方……？　父が想いもつかぬものだった……？

「どちらのそろえ方でしょう」

一応、訊く。

「大槻玄沢のほうだ」

やはり、向坂先生のことか……。

「昨年の九月、最初に御藩主の手術の件をおまえに持ちかけたときの話だが、向坂先生お一人での執刀に至った経緯を、儂がおまえに語ったことがあったな」

「ええ、医師一人での手術に反対していた御城代が、結局は折れたというお話でしたね」

武家は前例のないことをいやがるのに、なんで、と訝ったことを覚えている。

「あのとき、儂は、御城代が折れたのは、御藩主が頑として退かれなかったから、と言ったはずだ。なんとしても向坂先生の執刀を望まれた、ともな」

「そうでした」

「その理由は、兎《と》にも角《かく》にも、信頼のおける医師の執刀を望まれたからだと想っていた。それゆえ、本間棗軒先生に推挙していただいた蘭方外科医の名簿の筆頭に記されていた向坂清庵先生に固執《こしゅう》されたのだろう、とな。長く悩まされてきた難治《なんじ》の病だ。それを、麻酔下での手術で治す。恐れを抱かぬはずがない。まして、痛みにお弱い御藩主だ。なんとしても、失敗しない医師を選ばねばならぬと思い詰めていらしたのだろうと、そこは素直に判じていた」

「そうではないのですか」

そうでなければ、他にどんな理由がある？

「それもあるだろう。しかし、いまとなってみると、もっと大きな理由があったように思える」

もっと大きな理由……？

「当時も、いまも、向坂先生は名医だ。しかし、当時の向坂先生では大槻玄沢にはなれなかった。名医ではあるが、名声がなかったからだ」

そこは、御藩主も語られた。

「で、御藩主は向坂先生に名声を備えさせようとされたのだ」

ふっと息をしてからつづけた。

「自分の御身《おんみ》をつかわれてな」

どういうことだ？

「わが藩の石高は大きくない。が、譜代大名としては小さくもない。江戸城での殿席《でんせき》は雁《かり》之間《のま》だ。つまり、御老中を送り出す家格《かかく》である。よくもわるくも、なにかをしでかせば世間の耳目《じもく》を集める藩であるということだ。その当主が麻酔による手術を受けて成功したとなれば、執刀した医師の名は全国に知れ渡る。向坂清庵は誰もが知る名医になる」

あっ、と私は思った。

「きっと、名簿の筆頭に向坂清庵の四文字があるのを目にされたとき、御藩主は欣喜されたのだろう。これで、自分が手術を受けて成功すれば、向坂清庵は大槻玄沢になると思われてな。だからこそ、御城代が反対しても頑として退かれなかった。なんとしても、向坂先生の執刀を望まれた。信頼のおける医師であれば誰でもよかったのではなく、向坂先生でなければならなかったのだ」

「そんなことが……」

結果として、事態は父が言ったとおりに推移した。手術は成功し、向坂先生は「誰もが知る名医」となり、いまや尚理堂の名声は華岡青洲亡きあとの春林軒に迫るほどだ。私は呆気にとられたが、一方で、それが御藩主なのだろうとも感じていた。そんな理由で手術台に身を置こうとする殿様など、あの御方の他に居るまい。

「そのように、御藩主は儂が想ってもみなかったことをやってのけられた。もう、儂が近侍せずとも大丈夫だ。むしろ、儂が居らぬほうが、より大きい御方にならられるだろう」

しかし、それでは、大槻玄沢は得ても、大槻平泉が欠けてしまう。

「父上が去れば……」

私は言った。

「御藩主は大槻平泉を失うことになるのではないですか」

「儂は大槻平泉にはなれん」

すっと父は答えた。

「もしも御藩主がそのように思われているとしたら買いかぶりだ。儂が企むのは、願うしか救いようがないときのみだ。企みつづける粘り強さに欠ける。人をいじるのも不得手《ふえて》だ。性《しょう》に合わぬことは長つづきしない。学頭の器ではないということだ。その点は、手近なところで間に合わせようとせず、御藩主にもうひとがんばり、していただきたいところだ」

もはや、父の気持ちが変わらないことは明らかだった。

「御藩主にはいつ願い出るおつもりですか」

私は問うた。

「明日だ」

「わかりました」

父は無言で立ち上がった。

父の姿が消えると、先生に書状をしたためる意味も消えていた。

私は筆を洗いながら、明日、御藩主は語られるのだろうか、と想っていた。

蘭方医学館を語り、大槻玄沢と大槻平泉の話をされて、この国の大槻平泉になってくれと説き伏せられるのだろうか。

私は父に、それはよいですね、と答えてほしかった。

そして、あっさりと、翻意してほしかった。

素晴らしいお考えです。

そんな構想を温めておられたとは。
そういうことであれば、是非とも、やらせていただきたい。
手放しで、讃《たた》えてほしかった。
褒めて、褒めて、褒め抜いてほしかった。
そして、そういうことだって、まったくないことはなかろう、と思っていた。

半月後、私は永井の家督を継いだ。父の引き継ぎを考えれば異例の早さである。本丸、東の書院での拝知《はいち》の式に上がったとき、御藩主に父の隠居をお赦しいただだいた御礼と、速やかに代を継承させていただいた御礼を申し上げると、御藩主は「座敷を替えよう」と言われて、さっさと背中を見せられた。
あとに従おうとした新任の小納戸頭取に「臨席無用!」と命じられ、すたすたと御座の間へつづく廊下を歩まれる。その振る舞いぶりは、君主と臣下の存在感のちがいをいやが上にも醸し出すもので、独り立ちできぬお殿様とはほど遠かった。父が居ないと、御藩主はこのように毅然《きぜん》として見えるのかと、私は感に入り、そこに父の想いを見た気がしたものだった。

「なんで隠居を認めたかわかるか」

御座の間の席へ着かれると、くつろいだご様子で御藩主が問われた。

「お赦しいただけるとは想っておりませんでした」

私は素直に申し上げた。

「最初は話にもならんと思ったがな」

唇の端に笑みを湛《たた》えて言われた。

「元重は柔らかい男だ。状況が変われば、いかようにも対応を変える。そこに、大槻平泉を見た。余は、こうと決めたら梃子《てこ》でも動かぬという輩が嫌いでな。なんで、あの形容が褒め言葉のように使われているのかが皆目わからん。状況が変わっているのに梃子でも動かなかったら、周りが困り果てるだけだろう。そういう見えぬ者たちがひしめくなかで、元重の目のよさと柔らかさは頭抜《ずぬ》けていた。その元重が今回に限っては、それこそ梃子でも動かん。で、認めた。さっさと認めた。渋ると、元重に嫌われかねんからな」

ふっと息をついてから、御藩主はつづけられた。

「余は元重に嫌われたくなかったのだ」

父が、御藩主のお赦しが「出ぬことは考えていない」と言ったのは、このことか！　と私は嘆じた。父はなんと幸甚な武家勤めを送ったのだろう。

「ま、どうせ赦さなければならぬのなら、恩に着せてもおきたかった。早ければ早いほど、貸しが増える。いつか返してもらうと元重に伝えておいてくれ」

晴れの拝知の儀式にもかかわらず、今朝、東の書院へ向かう私の足は重かった。御藩主が精魂込めて描いてきた医学館の絵図を、身内の進退で反古《ほご》にしてしまった。御藩主の御出座《しゅつざ》を待つ書院の畳は針の筵《むしろ》だった。なのに、お出ましになった御藩主のお顔にはなんのわだかまりもなく、「余は元重に嫌われたくなかったのだ」とまで言っていただいた。それにも増して、私の心を打ったのは、御藩主の颯爽《さっそう》としたご様子だった。

もともと容姿に恵まれた御方だったのだが、長年の鬱陶《うっとう》しい持病のためにいつも翳《かげ》りが差していた。それが向坂先生の手術でからりと取り払われた上に、本日、御目見してみれば、動きのひとつひとつまでが軽やかに見える。掛けられる言葉にも自信がみなぎっていて、東の書院で初めて面《おもて》を上げたときは別人のように映った。

こうなると、やはり、父の存在は重石だったのだろうと判じざるをえない。無駄に重い重石ではなく、大いに役立つ重石ではあったが、重石は重石だったということだ。そして、それを誰よりも、というより、ただ一人わかっていたのが父だったのだろう。やはり、御藩主が言われたように、「目のよさと柔らかさ」が「頭抜けて」いるのかもしれない。

そうと思い至っても、致仕までしなくてもよかったのではないかと感じなくはない。御藩主が望まれていた慶智館の学頭ならば、父の次の御役目として恰好だったのではなかろうか。御藩主のお側を離れるし、政務からも遠ざかる。重石は重石かもしれぬが、ずいぶんと軽い重石にはなろう。

でも、きっと、それでは駄目なのだろう。どこに身を置こうとも、藩内に席がある限り、永井元重は永井元重で、重石の重さも、あの密なあわいも、そのままなのだろう。そのこともまた父は、見抜いていたのだ。

拝知の式日《しきじつ》ということで、早めに下城する私の足は、朝とは打って変わって軽かった。季節は二月に入って、梅から桜に変わろうとしている。抜けた空からは雲雀《ひばり》の鳴き声が降ってくる。頬《ほお》に当たる風にも清新の気を感じて、これからはもうなにもかもが、具合よく運んでいくような気になった。けれど、それからわずか四日後の今日の朝、景色は暗転した。向坂先生の所在が不明になったのである。

とはいっても、捜す場所の当てはあった。門人たちの話では、昨日の早朝、向坂先生はなんとか時をつくって、多忙のためにずっと足が遠のいていた三倉山へ向かった。新芽の吹き出した三倉山を訪ねるのを、それは楽しみにしていたらしい。だから、夕になっても戻らぬのはさほど心配はしていなかったが、暮れ六つが過ぎ、六つ半が過ぎると、さすがに慌てた。龕灯《がんどう》をかき集めて、尚理堂から三倉山に至る夜路をくまなく捜したが見つからない。あとは三倉山を捜すしかないが、三倉山は御留山である。自分たちで勝手に分け入るわけにはいかない。で、郡《こおり》役所へ行って山入りの許可を得ようとしたのだが、すでに門は固く閉じられていた。で、この朝、扉が開くのを待って願い出たというわけだ。けれど、郡役所に山入りを許す権限はなかったし、受け付けた者は向坂先生がいかなる人物かを知らなかった。山入り願いは、無意味な事務処理の流れに漂い、ようやく午を過ぎて、御城に回されたのである。

事件の意味を悟った者から知らされた私は直ちに目付配下の徒士目付と御掃除之者《おそうじのもの》、二十余名を招集して三倉山へ向かい、捜索を開始した。案内を頼んだ山同心は、いまは、冬眠から醒めた熊が早生筍《わせだけ》を求めてうろつき回る季節であり、また、高い山ではないものの、崩れやすい石灰の岩壁を伝う細い路も多いので、けっして侮《あなど》らぬようにと注意を促した。なかでも、とりわけ細いのが、中腹にあるセキレイ路《みち》と呼ばれる崖《がけ》沿いの路らしい。河原でよく見かける小鳥の鶺鴒《せきれい》くらいしか通れないという意味のようだ。

そういう山に入って夜が明けても戻らぬとなれば案じずにはいられぬが、まだ一夜だった。足などを傷めて動くに動けず、救援を待っている絵のほうがずっと浮かびやすい。我々は懸命に声を張り上げて先生の名を呼びながら、一歩一歩山路を登った。けれど、いかんせん、山に入ったのが九つ半と遅かった。三合目にたどり着いたところで八つ半になり、山同心が捜索の終了を求めた。これ以上登れば、陽のあるうちに山を下りることができなくなり、危険が大きいという判断だ。それよりも明日、入山口に明け六つ前に集合し、陽の出と同時に捜索を始めたほうが上策である。生きて助けを待っているのであれば、二日目になっても救出できる分は変わらないと言う。私は山同心の求めを容れ、全員下山を命じた。

けれど、その夜、寝つけぬまま暁九つを迎えた頃、耳が屋根の瓦《かわら》を叩く雨音を捉えた。雨とはちがう音であってほしかったが、まちがえようがない。それでも、そっと褥《しとね》を出て、廊下を往き、玄関の戸を引いて目でたしかめた。座敷に戻ると、佐江が起きていて、「雨でございますね」と言った。「屋敷をでる頃には、止むだろう」と言って再び布団に潜ったが、結局、雨は止まなかった。

雨天に岩壁の細い路を往けば、捜索隊に遭難者が出かねない。集合の刻限の明け六つ前よりも一刻早く、私は目付一統の連絡役に指令を出した。明け六つ前の集合は取り止めにし、雨上がりを待って入山口に集合。午九つまでに止まなかった場合は中止。そして、連絡がつかずに三倉山へ向かってしまった者を帰すため、柿渋《かきしぶ》を塗った網代笠《あじろがさ》を被《かぶ》り、蓑《みの》を着けて屋敷を発った。手傘《てがさ》などなんの役にも立たぬ降りである。

歩みをつづけるに連れ、雨はますます酷《ひど》くなる。夜明けが近いとはいえ、視界はほとんど開けず、路の脇の水路にでも落ちそうだ。気を張って足を運び、半刻《はんとき》の後、ようやく入山口に着くと、やはり、三名が立っていた。徒士目付一名と、御掃除之者二名だ。労《ねぎら》いの言葉のあとに直に指令を伝え、三つの背中を見送る。私だけは一人残って、まだこの場所へ向かっているかもしれぬ者たちを待ち受けることにした。小半刻ばかり様子を見てから、そのまま登城するつもりである。

立ちつづけていると、降りしきる雨は容赦なく蓑に浸み入り、ひどく冷たい。笠も蓑もない向坂先生は冷たいどころではなかろう。昨日、山同心は、生きて助けを待っているのであれば、二日目になっても救出できる分は変わらない、と言ったが、それは、雨が降らなければの話だ。こうしているあいだにも、向坂先生は雨に躰の熱を奪われつづけているのだろう。

時の鐘の音は届かぬから、見当でしかないが、たぶん、小半刻が経った。もう、誰も来なかろう。明かるくはないが、夜は明けている。私はゆっくりと足を動かし、御城へ向けて一歩を踏み出した。けれど、三歩目で足が止まり、そして、踵《きびす》を返した。雨に打たれつづけているあいだに気持ちが揺れ出したが、判断がつかなかった。躰が動くに任せたら、こうなった。もう、迷わない。足をゆるめずに入山口を通り抜け、三倉山へ分け入る。山路を踏むや、豪雨を貫けとばかり声を張り上げた。最初は「さきさかせんせーい」と叫んでいたが、「さきさか」は大きな音になりにくい。途中からは「せんせーい」だけにして叫び、登った。

昨日引き返した三合目より先は、山の様子がずいぶん変わる。路は細い上に、ところどころ途切れていて、いともたやすく迷いそうだ。やはり、山同心を頼んで待てばよかったかと思ったが、後の祭りである。遭難の恐怖が俄かに現になって、躰が小刻みに震え出す。雨が気になって朝飯を摂っていないし、山に入るつもりではなかったから喰い物も携えてきていない。無謀を絵に描いたようだ。でも、仕方ない。あのまま、山を背にするわけにはいかなかった。

結構だ、と私は腹を括る。危地《きち》、結構。きっと、日頃は出ぬ力も出てくれるだろう。私はさらに大きく声を張り上げる。

せんせーい!

せんせーい!

せんせーい!

そうやって四合目にしがみつき、五合目を間近にする。心なしか、雨の勢いは落ちているようだ。いや、たしかに落ちている。雨粒に閉ざされがちだった視界が急に開けつつある。行く手に目を遣った私は、なんだ、これは!? と思った。路が断ち切られたように終わっている。踏み出せば谷だ。右側は石灰の壁になっているが、路はつづいていない。もしも、雨があのまま降りつづいていたら、私はまちがいなく谷底に墜《お》ちていただろう。胸の動悸《どうき》を鎮めながら私は立ち尽くし、これまでか、と思う。けれど、目は路らしきものを探しつづける。と、路を認められなかった右の壁に、段のようなものが刻まれているのに気づいた。あれは段だよな、と私は思う。路じゃあないよな、と思う。けれど、路じゃあないと思えば思うほど路に見えてくる。路だとしたら、蟹《かに》のように横歩きしなければ通れそうにない。通れそうにないが、私は思った。

あれは路だ。

あれがセキレイ路だ。

小鳥の鶺鴒しか通れぬセキレイ路だ。

私は、ここまで来た路とセキレイ路との際《きわ》に身を進める。

そこに立ってみると、横歩きしなくとも進むことはできそうだ。

ただし、路の幅は足三つ分といったところだ。二つ分よりはよい、という気休めも空を切る細さだ。

私は躰を曲げて谷の深さをたしかめようとする。

それほどではない。

谷は何段かになっていて、最初の段までなら浅いと言ってもいい。

でも、墜ちたら死ぬことに変わりはない。

私は目を戻す。

けれど、直ぐにまた目を谷に落とした。

戻すとき、ありそうにないものが視野に入ったような気がしたからだ。

その〝ありそうにないもの〟を捉えるのに時はかからなかった。

私は崖の際に両手を突き、目を預けたまま、小さく声を漏らした。

「せんせい……」

状況は、誰が見ても事故の様相を呈していた。

でも、私は目付だ。

事件の目も洗った。

ありそうなものからありえぬものまで、洗い出した。

ありそうなものの筆頭は、薬草を盗み採る一味と先生が遭遇したことだ。

でも、春が進めばいっとうありそうなこの説も、いまではありえなかった。

山盗みを稼業とする者が、芽を吹く前の、あるいは芽を吹いたばかりの薬草を刈り採るはずもない。もう、あとひと月経てば、宝の山になる場所を、みずから踏み荒らすようなものだ。

一応、過去に山盗みを働いたことのある者たちの動きも調べたが、山へ入った形跡は認められなかった。

先生との間柄がこじれている門人が居ないかも調べた。

事件であるとすれば、犯行の場所が別段だ。あらかじめ、先生がそこへ行くとわかっている者でなければ犯しにくい。いっとう、先生の日々の動きをふまえているのは門人である。念を入れて調べたが、彼らはことごとく向坂先生に心酔し切っている者ばかりで、御役目とはいえ、こちらが疑ったことを恥じた。

もはや、先生はそういう対象から外れているとは思ったが、蘭方に反対する者たちの動きも洗った。でも、彼らは、三倉山の五合目まで登るとは考えられぬ人たちであり、事実、その痕跡《こんせき》はなかった。

最後に、山同心も調べた。もしも、何者かが犯行を委《ゆだ》ねたとすれば、最もその役にふさわしいのは三倉山を知り尽くした山同心である。彼らなら、山へ入るのが御役目でもある。仮に手を染めたとしても、おそらく証拠はなにも残らない。で、暮らし向きの変化を探った。もしも、受けて相応の報酬を手にしたとしたら、持ち慣れぬカネが暮らしを乱すはずだ。けれど、彼らのつましい暮らし振りに、揺れが交じることはなかった。

そうして、ひと月半後の三月の末、先生の不幸は滑落《かつらく》による事故ということで決着した。事故で止むなし、と判じた日、私は初めて先生と三倉山へ向かったときのことを思い出していた。

入山口へ向かう路すがら、先生は息子の拡が処方してもらっている膏薬である、白雲膏の調合表を私に手渡した。

「これがあれば、私が居らなくなったとしても、ご自身で白雲膏がつくれるので、受け取ってください」

そう、言った。

「『私が居らなくなったとしても』というのが気になります」

それとなく私が質すと、「山ですよ。この三倉山です」と答えてから、つづけた。

「縁起でもないかもしれませんが、危ない場所もあると耳にしているので、万が一のことを考えて、やることだけやっておこうと思っているのです」

そのまんまになってしまったではないか、と、私は涙した。

そして、先生の事故を誰よりも深刻に受け止めているであろう、尚理堂の多くの患者たちのことを想った。

先生の医療は、他のどんな医師にも望めない卓越したものだった。

それにも増して、患者の病と添いつづけようとする気持ちが殊《こと》の外《ほか》深かった。

私は先生の傍らに居ると、いつも、和田東郭先生の医訓である『実意深切』を想い浮かべた。

「とにかく十分の実意よりして病者の苦を救い、医の誠を尽くすというところを本としてすべし」

向坂先生は『実意深切』を地で行った。

先生の患者なら、たとえ先生が過誤を犯したとしても、それはもう運命なのだとあきらめることができるだろう。

それだけに、先生を失った患者たちの胸に生じた空洞は大きく、そういう者たちのなかに、佐江も、そして私も居た。

先生は私たちにとって、神様の誤まりを拭い去ってくれた人だった。

拡の肛門のない尻に肛門をつくってくれた。

先生は人なのに、神様ができなかったことをやった。

私たちにとって、先生は神様よりも偉かった。

だから、私たちは頼り切った。

信じ切った。

凭《もた》れかかりもしただろう。

常に拡と共に在る佐江には、私にも増して、先生の存在が大きかったと思う。

おのずと、佐江が抱えることになった空洞は小さくなく、従前と同じに振る舞っているように見えて、時折り、ふっと気持ちが抜ける様子が覗くようになった。

尚理堂は、先生の一の高弟である山村啓作《やまむらけいさく》という医師を主宰として医療をつづけることになった。高弟とはいうものの、向坂先生よりも三つ歳上の四十二歳で、尚理堂の前にも著名な蘭方医の下で修業を積んでいた。常に沈着で、患者と接する構えも向坂先生譲りという評判だったが、佐江が言うには、「ちがう」のだった。山村医師に代わって初めての診療を終え、尚理堂から出た三月の初め、佐江は前を向いたままぽつりと「ぜんぜんちがう」と呟いた。

拡は変わらずに活発だった。父が隠居してからは父と遊ぶ時が長くなり、毎日一度は、父の馬の背中に乗った。もはや、初めから肛門のあった子とまったく見分けがつかなくなった拡を、佐江はほんとうに変わらない子にしたかったのだろう。浣腸と指入れを仕舞いにする頃合いを向坂先生と相談しようとしていたのだが、それができなくなったことが、佐江を落ち着かなくさせていた。仕舞いにするか、つづけるか、寄合の相手となりうるのは向坂先生だけで、山村医師に代わりはできないのだった。佐江は、切り上げる指針を失ったまま、毎日の浣腸と指入れに取り組んでいた。

それでも気を抜くことなく、ひたすら丁寧を心がけて、一度として肛門を傷つけることがなかったのは、持ち前の柳のような強さと、そして、母の登志が居てくれたゆえだろう。

去年十月、詰めていた仙草屋敷から一日だけ戻った晩に、母から交代を持ちかけられて以来、佐江の浣腸と指入れの相方は母のままになっている。朝と夕で、指入れ役と足の持ち上げ役を交代しているらしい。私もそろそろ足の持ち上げ役に復帰したいのだが、もはや、それを言い出せる雰囲気ではないし、向坂先生を失った佐江から、母と心を合わせて一つのことを為す時を奪えるはずもない。佐江は「わたくしは母上を鑑にさせていただいております」と言った。「いつも、母上のような女子になりたいと存じておるのです」と言った。そして「わたくしは母上に褒められたいのです」と言った。いま、佐江を堪えさせているのは、私ではなく、母だ。私がいまできるのは、向坂先生直伝の白雲膏をつくることくらいである。

山村医師の尚理堂からも白雲膏は出ているが、佐江は私のつくった白雲膏を使う。私にしても、いまは、縁側で白雲膏づくりにかかっているときが、いっとう気が静まる。向坂先生の白雲膏は樟脳《しょうのう》と白蠟《はくろう》、黄蠟《おうろう》、軽粉《けいふん》、官粉《かんぷん》に胡麻油《ごまあぶら》と椰子油《やしゆ》を加えて練るのだが、ただ練り合わせればよいというものではない。薬研《やげん》を用いての生薬の碾《ひ》き方ひとつにもコツがあり、気を集めて取りかからなければならない。だからこそ、白雲膏と向き合っているあいだは、他の一切を考えずにいることができる。

先生の落命を事故と判じてから半月が経った四月の半ば、その日も、私は屋敷へ戻ってから樟脳を碾いた。いつからか、私にとって白雲膏づくりは供養《くよう》のようなものにもなっていた。黙々と手を動かしているあいだは、先生とどこかしらつながっている気がする。母がやって来て、「よろしいですか」と声をかけてきたのは、そんなときだった。私は手を止めて、「なんでしょう」と答えた。相手が母なら、気持ちも波立たない。

「拡の浣腸と指入れですが、」

母はいつも余計を言わずに、いきなり用件を切り出す。

「はい」

「いま拡は生まれてから十九月になります」

「ええ」

「今月も入れて、あと、ふた月にいたしましょう」

話し出してからも、余計はない。なさすぎると思うときもある。

「浣腸と指入れをですか」

「さようです」

「向坂先生は浣腸が早くて二年ちょっととおっしゃっていましたが」

「いまの拡を診ていただければ、向坂先生ももうよいと言われるかもしれません。でも、先生はおられません。誰かが判断しなければなりません。で、わたくしがその役を務めることにいたしました」

「それは佐江のためですか」

「佐江のためでもあります。旗《はた》が立てば、躰が動きやすくなります。でも、それ以上に拡のためです。わたくしの観るところ、拡はもう排便の習いがついています。毎日、おしめを観ていればわかります。肛門も心配ありません。いまは、浣腸と指入れは拡の負担になっています。わたくしを信じなさい。拡はもう、大丈夫です」

骨身に染みていることではあるが、こういうときの母には抗いがたいものがある。

本来なら、この類のことを言い出すとしたら、それは父であるはずなのだ。

なにしろ、五十年近く前とはいえ、父は宇田川塾で二年修業している。私とちがって、みずからの強い意志で修業をしている。

蘭語だって、蘭書の付録を訳すくらいまでは行った。

でも、母なのだ。

拡の浣腸と指入れのことで、「わたくしを信じなさい」と言い切れる者は、この母しか居ない。

あるいは、「わたくしを信じなさい」と言い切って、聴く人間を信じたくさせる者は、この母しか居ない。

でも、さすがに、事《こと》が拡の浣腸と指入れとなると、「では、そうしましょう」と即答するわけにはいかない。

「試みてはみましょう」

私は返した。

「でも、それで酷い便秘になるようなら、即刻、戻してください。腸管が傷つきかねませんから」

唇を動かしながら、いかにも穏当と自分でも感じたが、拡のことで賭けなどできぬとも感じた。

「それで、よろしいですよ」

常と変わらぬ口調で、母は言った。

「同じことです。酷い便秘にはなりませんから。それで、浣腸と指入れは最後になるでしょう」

母が言ったように、ふた月後という旗が立ってみると、佐江の顔に生気が戻った気がした。浣腸と指入れにしても、手を抜くことなどさらさらなく、常にも増して優しく、丁寧になった。いまは加われなくなった、二人の気持ちを合わせた営みを目にしていると、佐江と母が、浣腸と指入れが嫌で止めたいわけではないことが身に染みてわかる。浣腸と指入れを、喜ぶ子は居ない。子が育つに連れ、それがはっきりする。歩くのも話すのも早いほうの拡は、浣腸と指入れに対しても、自分の意志を明快に表わす。その意志を汲み取るために、佐江と母は、気持ちを合わせて、浣腸と指入れをしなくとも済むように浣腸と指入れをするのだ。

あっという間に四月の残りが過ぎ、最後の月になるかもしれぬ五月が訪れる。

尚理堂とは疎遠である。山村医師に代わってからは、三月の初めに一度訪れて以来、足を向けていない。女の「ちがう」は動かしがたい。けれど、ちがうと感じたのは女だけではないようだ。わずか三月《みつき》のあいだに二十人から居た門人の六割がたが離れたらしい。遠からず閉めることになるのではないかという声がもっぱらで、当然、患者も離れている。佐江の「ぜんぜんちがう」は正しかったことになる。

離れて漢方に戻れる者はいいが、蘭方にしか治療法がない者はどうしているのだろう。

この国には、尚理堂の他に蘭方を施すところがない。向坂先生のメスで脱腸の手術を受けた義父の北澤平右衛門は「当座はいいですけどねえ」と言ってからつづけた。「再発したら、どうするのか……。いよいよとなったら、やっぱり尚理堂にかかるのか、いよいよとなる前に、隣国の蘭方医のところへ月ごとに泊りがけで診てもらいに行くのか。まだ、なんにも決めていません」

人ごとではない。二十月で浣腸と指入れを終えるからには、終えたあとの不測の事態に備えなければならぬが、いまのところ打つ手なしだ。あれこれと思案を巡らせてはいるものの、決め手はなにも思いつかない。つい三月前は、御藩主が語られる蘭方医学館の話に高揚を覚えていたのに、変われば変わるものである。

こういうとき、女は腹が据わっているというか、超越しているというか、泰然としているのが凄い。佐江も、母も、そんなことは一顧《いっこ》だにせず、浣腸と指入れをしない最初の日となる六月一日に向かって邁進していて、私の不安など寄せつけない。なんにつけ、生きていく隘路《あいろ》を突破するのは常に女だ。その想いの揺るぎなさは清々《すがすが》しいほどで、五月の晦日まで三日ほどになったある日、廊下ですれちがおうとした母に、あらためて礼を述べた。

「もろもろのご配慮、誠にかたじけなく、御礼申し上げます」

「もろもろ、とはなんですか」

母は曖昧さを嫌う。

「佐江に対する、もろもろです」

「母親が娘を気遣うのは当然です」

母はいつもの母で、そう言うと、すたすたと歩を進めた。

でも、そのすたすたはつづかなかった。背中の向こうで、大きくて柔らかいものが倒れるときの嫌な音が響いて、私はぞっとして振り向いた。


屋敷に最も早く駆けつけることができる医者が脈を取ったときには、母の息はもう絶えていた。

中風《ちゅうふう》だった。

母の息遣いが消え去ってみると、誰がこの屋敷の軸になっていたのかがくっきりとした。それは永井の暮らしを回していく上での軸であるだけではなく、父が、佐江が、私が、己れを回していくための軸でもあった。

どこに、どのように組み入れられているかはそれぞれだったが、組み入れられていない者は居らず、それぞれがそれぞれに軸を欠いたまま日々に対していた。

驚くべきことに、そんな状態から真っ先に立ち直ったのは、誰よりも傷んでいるはずの佐江だった。

譜代筆頭の永井の本家である。日頃はつつましく暮らしているが、いったん仏事となれば、本来の由緒格式が山体《さんたい》のように聳《そそ》り立つ。追善《ついぜん》供養も相応にならざるをえず、さまざまな役回りのさまざまな者が集まる。親族は忌中《きちゅう》にあるから表に立つことはないが、その実、親族のうちの誰かが、世話役と諸役のあいだに入って、あれこれと差配しなければならない。その誰かを、気づくと、佐江がやっていて、諸役も家の使用人たちも、当然のように、佐江の指示を仰いでいるのだった。

そのめりはりよく立ち働く姿を目《ま》の当たりにした私は、いまさらながら、母と佐江との密なあわいを想わざるをえなかった。

「気持ちが動かずとも、躰が動くようにするのが躾です」

生前、母はよく言っていた。

「人なら、疲れ果てもするし、塞ぎ込みもするでしょう。目の前の用に、手が出なくなるのはめずらしくありません。それでも、気がつくと、ひとりでに躰が動いて、やらねばならぬもろもろをやっている。そういう者に育つように仕込むのが躾なのです。なんで、そうするのか、わかりますか」

私は、旧家の武家の男子にもかかわらず、ひととおりの家事を母から躾られた。なんで、そんなことをせねばならぬのかと、きっと、子供の私は母に抗議をしたのだろう。

「当人が楽になるからです。生きていく、ということは、日常の用をこなしていくということです。人です。獣ではないのです。汚れたままの皿で物を食べるわけにはゆかぬのです。誰かが皿を洗わなければなりません。自分で洗わなければ、何者かが洗ってくれているのです。もろもろの事情で、その何者かが居なくなるのはいくらでもあることです。そうなったとしても躾られていれば、なんの痛痒《つうよう》も感じません。日常の用を、自分で苦もなくこなせるということです。自由になるというのは、それだけ縛られるものがなくなるということです。自由でなければなりません」

そういう母に、佐江は存分に躾られた。永井の仏事のことも、その躾に入っていたのだろう。だから、いま、誰よりも傷んで、気持ちはそれどころではないはずなのに、誰よりも躰が動く。私は差配する佐江の言葉つきに、目の動きに、母を見ていた。

逆に、立ち直りにくい様子が目につくのが父だった。

隠居してからの父は、ほぼ毎日、釣竿《つりざお》を担いで仙了川へ足を向けた。あの、三倉山から流れ出る仙了川だ。でも、それは、釣りが好きで堪らないからではなく、他になにもすることがないから通っているという風にしか映らなかった。屋敷からは、未明に出れば、日帰りで海釣りを楽しむことができる。良い地磯《じいそ》がたくさんあって、型のよい紅鯛《べにだい》が上がる。日夕の膳《ぜん》も、豪華になろうというものだ。なのに、日がな一日、近場のどうということもない仙了川でお茶を濁している。父とて昔は地磯釣りをよくやった。潮目をよく読み、名人とさえ言われた。それが老いなのかもしれぬが、私はまだ老いる歳ではないと思っていた。なにしろ父は、永井元重なのだった。

能吏《のうり》の評価も高かった父であってみれば、きっと、致仕してからも、永井元重らしいなにかをするのだろうと、なんとはなしに踏んでいた。いや、きっと、我々が想いも寄らなかったことを考えているにちがいないと、楽しみにしていたところもある。それは御藩主も同じらしく、お目にかかる機会があると、最後になって「近頃、元重の話が届かんな」と言われるのが常だった。あれはつまり、〝なにかをやるものと想っていたら、なにもやらんな〟と言われているのだろう。けれど、父にその御藩主のお言葉を伝えても、特になにかを感じた様子もなく「そうか」と言うだけで、次の日もまた仙了川へ向かうのだった。

それまでと変わったことと言えば、いつものように釣竿を担いで出かけようとする父と、たまたま目が合ったとき、ふっと気弱な表情を浮かべたことだ。私はその目の色を見て、父親に対して抱いてはいけない感情を覚えてしまった。憐憫《れんびん》である。目上の父を憐《あわ》れむのは不敬である。まして、相手は、永井元重なのだ。が、湧き出る想いはいかんともしがたく、胸底に残って消えようとしない父の顔つきを繰り返しよみがえらせるうちに、御藩主に添いつづけた父の二十七年を想い、勝手に期待を募らせた己れを悔いるようになった。

私は結局、父に、〝人の痛みがわかる〟かどうかを問うていない。御藩主の疼痛を分かち合うことができるのかどうかをたしかめていない。でも、私は、父は〝わかった〟と思っている。そして、母や私の痛みは、〝わからなかった〟と思っている。もしも、母が中風で倒れる前に、頭痛がつづいていたとしても、父には伝わらなかっただろう。父とて、そういう、御藩主の痛みはわかって家族の痛みはわからない己れとは、折り合いにくかったのではなかろうか。そして、御藩主との密なあわいのなかで他にも、さまざまな折り合いにくい己れを溜めていたのではなかろうか。父はそのように、二十七年を過ごした。小納戸頭取という傍流の席から、藩政を回しもした。積もった疲れは、容易には取れまい。

子供くらいしか釣る者の姿がない川へ魚籠《びく》も持たずに通うのは、己れをただの人に戻そうとしているのかもしれない。ならば、別になにかをやらずともよい。皆が知る永井元重である必要はない。もともと、願うしか救いようがないときにのみ企む人だ。己れのみが知る永井元重に戻ればよい。いつしか私はそのように考えていた。

それでも、母を失ってからの父は、いちだんと衰えて見えた。聴き取れぬような小声で、ぶつぶつと独りごとを言う。一度だけ伝わってきたときは、「罰が当たった」と言っていた。私はその「罰」を、母の頭痛がわからなかった報い、と受け取ったのだが、はたして、どうなのだろう……。

佐江のほうは、見事に己れを保ちつづけた。たいそうな葬儀をこなした途端、呪《まじな》いが切れたように、母を失って打ちひしがれている嫁に変わってしまうのではないか、と危惧したが、葬儀のあとも、譜代筆頭、永井家の女主人でありつづけた。私はこのまま、佐江が母になり代わるのではないかと思ったほどだ。けれど、佐江は初七日を済ませると、両手を突いて私に赦しを請うた。

「旅に出させてください」

「旅……」

「旅」という言葉に、どう触ったらいいのか、私は戸惑った。不意に出てきた「旅」は、縁切りのようにも響いた。

「四十九日には戻ってまいります」

私の気持ちを見通したかのように、佐江は言った。

「きっと、お約束いたします」

四十二日あと。おおよそ、ひと月半……。

「何処《いずこ》へ」

ひと月半で、行って戻ってこられるところというのはどこなのだろう。

「近隣のいくつかの国に散る三十三の札所《ふだしよ》を巡る巡礼旅がございます」

それなら、私も知っている。

「拡と一緒に巡って、母上の菩提《ぼだい》を弔って参りたいと存じます」

「そうか……」

母の菩提を弔うために三十三の札所を巡るのは、そのとおりなのだろう。

母に褒められたいと、いつも思っていた佐江だ。母を鑑にし、母のような女子になりたいと常に念じていた。

切れ目なく用事が待ち受ける屋敷を離れて、存分に母の記憶と添いたいのだろう。けれど、それだけではないのだろう。

いまは、六月の四日だ。

母のことがなければ、もう、拡の浣腸と指入れは止めているはずだった。五月の、晦日までのはずだった。

けれど、一日も、二日も、三日も、そして今日も、私は拡の足を持ち上げ、佐江は浣腸と指入れをやった。

「わたくしを信じなさい」と言い切る母の姿が消えると、佐江は、浣腸と指入れを仕舞いにすることができなかった。

きっと、佐江は、道具を持たずに旅に出て、浣腸と指入れを終えざるをえなくしようとしているのだろう。

そうやって、母と取り決めたことを、果たそうとしているのだろう。

「近隣ですから、戻ろうと思えば、どこからでも一日、二日で戻れます。いちばん遠い札所でも、三日あれば……」

もしも、浣腸と指入れを止めて拡の具合がわるくなったら、直ぐに戻ってくると言っているのだ。

「いつ、発つ?」

「お赦しをいただければ、明日にも」

佐江はわかっている。

みな、わかっている。

わかった上で、巡礼旅に出ようとしている。

もはや、私が差し挟む言葉はない。

とはいえ、もしも佐江が、仏事のあいだ拡と二人で座敷に引きこもっていたとしたら、私は旅を認めることなどできなかっただろう。そういう者が、無事に旅を終えることができるとは思えぬからだ。

でも、そうではなかった。

佐江は見事に、己れを律した。

きっと、母も、思いっ切り、褒めていることだろう。

佐江の躰の裡には、母の躾が埋まっている。

佐江は拡と二人で巡礼旅に出るのではない。

拡と母と、三人で往くのだ。

きっと、母が護ってくれるだろう。

「供の者を付けたいが……」

それでも、私は言った。

「……望まんだろうな」

「はい」

くっきりと、佐江は答えた。


屋敷は、父と私と、奉公人だけになった。

つい何日か前までは、五人が暮らしていて、顔がそろえば笑い声が絶えなかったのに、ほとんど話をすることもなくなった。

父は、母が逝《い》った次の日から、仙了川へ足を向けていない。初七日を終えてからも行っていない。

もう、随分と屋敷勤めの長い、五十がらみの伍助《ごすけ》という奉公人に、外へ連れ出すように頼んでいるのだが、日がな一日、縁側に居ることが多いらしい。碁を打てる伍助が誘ってみても、なかなか乗ってこぬようだ。

以前は、不満に思ったこともある仙了川通いだが、こうなると、仙了川でもどこでもよいから、とにかく足腰を動かしてもらいたくなる。

父は父で、そうやって、母の記憶をひとつひとつ、手繰《たぐ》り寄せているのかもしれぬが、近頃、食も細くなっているのが、気がかりでならない。父の齢なら、元気な者はまだすこぶる元気だ。

と、思っていたら、佐江が旅立って半月ほど過ぎた頃、急に、海釣りへ行く、と言い出した。

「精進落としに備えようと思ってな」

と、言う。

忌中のあいだ、遺族は魚の類を口に入れるのを控え、お精進を摂って暮らす。その禁を解いて滋養を補う日が四十九日で、だから、精進落としと言う。父は、精進落としの膳に載せる魚を釣り上げる気のようだ。

「いきなりでは坊主も必至《ひつし》だろうから、錆《さ》びついた腕を手入れしておくことにした」

私としては願ってもない言葉で、思わず声を張り上げた。

「それは、よろしいですね!」

「伍助を連れていこうかと思うが、よいか。あの者は浜方《はまかた》の出なのでな。戻らぬ勘を助《す》けてほしいのだ」

「むろん、お連れになってください。行かれるのは、いつですか」

「明日だ。未明に発つので、見送りはよい」

「地磯ですね」

「ああ」

船で渡らなければならない磯が、沖磯《おきいそ》。岸と陸つづきで、自分の足で取り付くことができる磯が、地磯である。とはいえ、陸つづきを鵜呑みにして、楽に行き着ける岩場だけで釣糸を垂《た》れているようなら、釣果《ちょうか》も限られる。のめり込む者は、頭の上に道具支度一式を載せ、首まで海に浸かって渡るような、地磯ともいえぬ地磯を目指す。体力も要れば、知恵も要る。肝も要る。五感を総動員して、獲物に挑まなければならない。

「くれぐれも無理はなさらないでください。名人と称《たた》えられた頃とはちがうのですから」

父がそういう釣りに復帰してくれるのは嬉しい。生きる力が戻ってこなければ、また、やろうとは思えぬ釣りだ。けれど、海を伝い歩くような地磯は勘弁してもらいたい。たとえ坊主でも、岸から離れてほしくない。

「儂を誰だと思っている！」

現役の頃でも聴いたことのない、威勢のいい台詞だ。

「釣術《ちょうじゅつ》の俊傑と言われた永井元重だぞ。地磯の危うさは先刻承知だ。肝を冷やしたことは数え切れん」

さも、あろう。釈迦《しゃか》に説法というやつだ。

「だんだんと馴らしていくつもりだ」

笑みを浮かべてつづけた。

「四十九日の頃には名人に仕上がって、二尺の紅鯛を上げられるようにな」

父は、屋敷に戻った拡と佐江に、二尺の紅鯛を振る舞うつもりらしい。

「あ、それからな」

肝腎なことを忘れていたかのように、父はつづけた。

「このところ、地磯通いをしていた頃の釣り場と潮目を思い出して、まとめるようにしていたのだがな。今夜には仕上がりそうだ。その気になったら、目を通してみてくれ」

「それは、釣り好きには垂涎《すいぜん》の的ではありませんか」

波間の向こうを目指す地磯釣りは、潮に流される危険と隣り合わせだ。潮目を知り尽くしている者でなければ、けっしてやってはいけない釣りである。かつて父が名人と称えられたのも、潮目を読む力が群を抜いていたからだ。その父がまとめた釣り場案内なら、欲しがる者は多々居るだろう。

「だと、いいがな。儂の書斎の、文机《ふづくえ》の上に置いておこう」

翌日の明け六つ、目覚めると、もう、父の姿はなかった。

私は久々に晴れやかな気持ちを味わいつつ、登城した。

あと、ひと月だ。

これで、ひと月が経って四十九日になれば、佐江と拡が戻り、二人を、地磯釣りに復帰した父と私が迎える。

父がみずから釣り上げた二尺の紅鯛を捌き、佐江が美味《おい》しい！　と声を上げる。しんと冷たくなっていた永井の屋敷に、温かみが渡っていく。

その先はまだ見えぬが、ともあれ、四月《よつき》足らずのあいだに大事な人が立てつづけに永逝《えいせい》するような厄災《やくさい》は、もう、きっと仕舞いになる。

あと、ひと月だ。

私は胸の裡でもう一度繰り返す。

あと、ひと月で、永井の家が戻る。

目付部屋へ入った私は、気持ちを区切って、御勤めと向き合う。

いまは、城下で二番目に大きい北尾《きたお》神宮の修繕費用の吟味をやっている。

五月の大風で何本かの杉の老木が倒れ、本殿の屋根を割って、大がかりな修繕となった。

藩は六割の費用を負担しているので、修繕普請が正しく行われているか、釘一本、檜皮《ひわだ》一枚に至るまで精査する。藩士の監察ばかりが目付の御勤めではない。

今日は、大物の、柱である。現地で検めた材の種類と産地、寸法、本数等が納入書の記載と合っているかを根気よく視ていく。

三割がた済んだところで、午八つになる。

茶を一杯飲もうと立ったところで、御頭《おかしら》が入ってきた。
すっと寄ってきて、耳打ちする。
「屋敷へ戻れ」
目で問う私に御頭はつづけた。
「父君に変事があったらしいぞ」
直ぐには、足が動かない。
ひとつ大きく息をする。
黙礼《もくれい》して、目付部屋を出た。
急がない。
ゆっくりと足を運ぶ。
それはない、と思う。
それはない。
「変事」はない。
「変事」なんぞ、聴きたくもない。
ひと月も経っていないぞ。
母が逝ってから、ひと月も経っていない。
きっと、想っているようなことではない。

なんだ、そんな話か、というような話だ。
私は、そんなことで御城にまで話を持ち込むでない！　と、伍助を叱りとばす。
どんな、話だろう。
日照りつづきが酷い。
照り返す海は堪えがたいだろう。
熱にやられたか。
熱にやられて、向こうで臥せっている、というような話か。
それなら、御城にまで知らせに来ても仕方ないか……。
少なくとも、叱りとばすような話ではないか。
そうだ。
そうに決まっている。
そうでなくとも、そんなような話だ。
少しばかり驚かされはするが、少しばかりだ。
ひと月も経っていないのだ。
そんなような話でないわけがない。
屋敷に着く。
着いてしまった。

門の潜り戸に手をかける。

開ける。

入る。

玄関への敷石を踏む。

伍助が飛び出して来た。

「誠に申し訳ございません！」

平伏《へいふく》して叫ぶ。

「お助けできませんでした！」

「そうか」

私は天を仰ぐ。

ゆっくり戻す。

「聴かせてくれ」

そのまま、庭の四阿《あずまや》に向かった。

「空は晴れ渡って、海も穏やかでございました」

伍助は語り出す。

「時折り、遠海のうねりが寄せてくるのでございましょう、高い波が立ちますが、その時だけです」

私は陽のきらめきが踊る六月の海へ分け入っていく。もう、抗わない。

「それでも、ご隠居様は慎重でございました。思い出したようにしか来ない大波ですが、たとえ来たとしても届かぬ岸近くで、竿を繰り出しておられました」

若い頃、伍助は漁師をしていた。釣りが縁で父と知り合い、永井の家を手伝うようになった。いっときは郎党にという話もあったが、伍助のほうが断わったらしい。武家めいてしまうのが、本意ではなかったようだ。枠に嵌《は》まって安心を得る者も居れば、枠の外に在ることで安心を得る者も居る。伍助は後者だった。枠に強《し》いられずとも仕事は一切手抜きなく、周りから信頼を得ていた。

「半刻ばかり、そう、されていたでしょうか。さすがに、釣果は思わしくありません。本命の紅鯛は一尾《び》もかかりません。その岸近くの海は、押し寄せる潮でした。けれど、紅鯛は流れ去る潮でかかります。かつては名人と称えられたご隠居様ですから、その辺は、先刻、ご承知です。さすがに、痺れを切らされて、場所を替えることにしました。ちょうど、その岸近くから少しばかり西へ行った波打ち際から、十間《けん》ばかり海に入った辺りに頃合いの大岩がありました。岸からずっとシモリがつづいていて、その先っぽが大岩になっているのです。潮も、お誂《あつら》え向きの流れ去る潮でした」

シモリというのは、海の下に隠れた岩礁だ。潮が入り組むことになるので、いろんな魚の寄り場になっている。生業《なりわい》で漁をする者は、まずシモリに目を付ける。

「浅いシモリで、岸から大岩まで点々と小岩が顔を出しています。ですから、褌《ふんどし》一枚になって潮に浸かりつつ渡るような厄介な地磯ではありません。早い話、子供でも渡れます。大波が来ても、大岩のてっぺん付近に居ればやり過ごせるでしょう。で、あそこに行こう、ということになったのですが、そうなっても、ご隠居様は慎重でした。おまえは岸に残れ、と言われるのです」

「岸に残れ……」

気になるほどの話でもないが、伍助の口調が気になった。

「大きな岩ではあるが、もしも大波が来たら、避けられるのは頂上辺りだけだろう。竿を振ったりすることを考えると一人分の場所しかない。だから、おまえは岸に残れ、と」

「大波を考えなければ、何人くらいが釣り場所を確保することができた?」

「七、八人分は優にあったでしょう。てっぺん付近にしても、私は、二人なら大丈夫と観ていました」

たしかに、慎重だ。父は、くれぐれも無理はしないで、という私の願いを、きっちり守っている。聴いている限りでは、無謀な振る舞いは、ひとつもない。

「で、ご隠居様はお一人で大岩へ渡ることにされ、私は岸から拝見していることにしました。ご隠居様の小岩を伝う足取りはそれはたしかなもので、私は安心して目を預けておりました。そうして、大岩まであと少しになったときです」

自分が呼び出した絵に、堪え切れなくなったのだろう。伍助の声が、嗚咽交じりになった。

「突然、海がうねって、あの大波が押し寄せたのです」

伍助は、なんとかつづける。

「大波が引くやいなや、私は一目散に大岩へ向かいました。波間にご隠居様のお姿を捜しました。けれど、いくら目を凝らしても、見つけることはかないません。私は急ぎ、浜方の知り合いに言って、湊に残っていた船をすべて出してもらいました。でも、駄目でした。潮が大岩から流れ去る勢いは、尋常ではありませんでした。おそらくは一気に、沖合まで連れ去られたものと思われます」

私は大きく息をしてから言った。

「よく、見届けてくれた」

もしも、伍助が付いていてくれなかったら、なにもわからぬところだった。

「ゆっくり休んでくれ」

伍助には、なにも落ち度がなかった。むしろ、よくやってくれた。

船まで出してくれた。

感謝するしかない。

父にも、なにも落ち度がなかった。

軽率でもなければ、無謀でもなかった。自棄《じき》でも未熟でもない。

ただ、不運だった。

だから、父の死は、紛れもなく事故だ。

遭難だ。

伍助という証人も居る。

元は漁師だった、海の玄人《くろうと》の証人が居る。

父は、自死したのでも、殺されたのでもなく、不運にも、思い出したようにしか来ない大波に攫《さら》われてしまった。

用心を重ねたにもかかわらず、攫われてしまった。

どこからどう見ても、どうにもしようがなかった事故だ。

でも、なにか、呑み込めぬものが残った。

私の裡で、違和感がかさこそと音を立てていた。

おかしい。

どうにも、おかしい。

伍助の目撃談は非の打ちどころがない。

なんのおかしなところもない。

それが、おかしいのだ。

広い海での遭難のあらかたは、こんなにくっきりとは語られない。

一部《いちぶ》始終《しじゅう》を目撃した者が居ないからだ。

目撃した者は、己れも遭難の渦中で亡くなっている。

このように、地磯での父の振る舞いのすべてが語られるのは、伍助という完璧《かんぺき》な目撃者が居たからだ。

伍助が居なければ、父の死は憶測で判断するしかなかった。

ある者は軽率を言い、ある者は無謀を言い、ある者は自棄を言い、ある者は未熟を言い、そして、ある者は自死を言ったかもしれない。

そういう勝手な憶測は、伍助の目撃談によって完全に封殺されるだろう。

永井元重は十二分に慎重に動いたにもかかわらず、不運にも事故に遭遇してしまった、と。

なぜ、伍助は完璧な目撃者たりえたか……。

答えはひとつしかない。

父がそのように用意したからだ。

私に地磯釣りへの復帰を語ったとき、父は「錆びついた腕を手入れしておくことにした」と言ったあと、「伍助を連れていこうかと思うが、よいか」と私に持ちかけた。そして、「あの者は浜方の出なのでな。戻らぬ勘を助けてほしいのだ」とつづけた。

ほんとうに、〝戻らぬ勘を助けてほしかった〟のか。

波に呑まれるまでの一切を伍助に目撃させ、語らせるためではないのか。

だからこそ、大岩のてっぺんを一人分の場所しかないと言い張り、伍助を岸に残したのではないか。

だとしたら、父の狙いはおのずと見えてくる。

自死を、事故に仕立てたのだ。

いや、自死ではあるまい。

自裁だろう。

己れの想いの内で終始する自死なら、こんな手の込んだ真似はしない。事故に見せかける意味がない。

己れの責めを死をもって贖《あがな》う自裁だからこそ、事故に仕立てなければならなかったのだ。

父は自裁をするつもりだった。けれど、自裁と気取られてはならなかった。

あくまで、事故でなければならなかった。

自裁が知れ渡ると、己れの責めと関わる者たちに迷惑がかかるということなのだろう。

きっと、考えて、考えて、考え抜いて、このやり方に行き着いたのだ。

地磯で波に攫われ、それを伍助に目撃させるというやり方に。

ならば、父の責め、とはなんだ。

いったい、なにをした?!

いかなる理由で、なにをしでかし、なんで責めを引き受けなければならなかった?

そのとき、私の脳裏にふっと昨日の父の言葉が浮かんだ。

「あ、それからな」と思い出したように言ってから父はつづけた。

「このところ、地磯通いをしていた頃の釣り場と潮目を思い出して、まとめるようにしていたのだがな。今夜には仕上がりそうだ。その気になったら、目を通してみてくれ」

父は願うしか救いようがないときは平然と偽りを言う。

昨日もそうだった。すべてが偽りだった。だから、この話も偽りだ。

父が昨夜中に仕上げたのは、「地磯通いをしていた頃の釣り場と潮目」のまとめなんぞではない。

そこには、きっと、〝いかなる理由で、なにをしでかし、なんで責めを引き受けなければならなかった〟かが記されている。

私は玄関へは向かわず、濡《ぬ》れ縁に足をかけて座敷へ上がり、廊下を伝って、父の書斎の襖を引いた。

文机の上に、永井重彰殿、とだけ書かれた書簡がある。

私はそっと手を伸ばし、開いて、文字を追った。

／おまえはいい目付だから、この文面に目を通すときには、もう、あらかた、事の真相にたどり着いていると思う。／

という出だしで、文《ふみ》は始まっていた。

◆◆◆

／自裁を事故に仕立てたのは、そのとおりだ。

儂はそうせねばならなかった。

自裁をせねばならぬが、それを自裁とわかられてはならなかった。

あくまで、不慮の死でなければならなかった。

が、手立てが浮かばぬ。

儂が仙了川へ通ったのは、ひとつには、その手立てを想い巡らすためだった。

釣る気は初めからない。だが、竿も持たずに川辺にずっと座っていれば、怪しい者でしかない。そのための釣り姿だ。

お陰で、なんにも煩わされることなく、思案に没頭することができた。

が、通い詰めても、なかなか浮かばぬ。

これくらいか、と思ったのは、早駆《はやが》けでの落馬だが、本気になってみると、確実に死ねるとは限らぬことに気づく。

北尾神宮の月見台は地面から十五間はあるから、落ちればおそらく絶命できるとは思うが、自死を疑われるだろう。

答えが見つからぬうちに、登志が逝った。

儂が犯した罪の罰が、登志のほうへ向いてしまったと思った。

登志にも申し訳が立たず、早く向こうへ行って詫びたいのだが、どうにもならぬ。

ようやく、浮かんだのが、つい三日前だ。

浮かんでみれば、なんで、もっと早く気づかなかったのだろう、と思うのだが、そういうものなのかもしれぬ。

気づかせてくれたのは伍助だ。

登志が逝ってからは、儂は仙了川にも足を向けなくなった。屋敷に籠《こも》るようになった。

そんな儂を外へ連れ出そうと、伍助はいろんな話を持ちかけてきた。

なんとか寺の紫陽花《あじさい》が見頃だとか、なんとか池の花菖蒲《はなしょうぶ》が凄いとか、なんとか宮《ぐう》の団子が近頃、評判を取っているとかいった具合だ。

そういう話のなかに、地磯釣りもあった。久々にやってみませんか、と振られた。

振られたが、そのときは、まったくそんな気になれなかった。

地磯釣りは若い時分の儂の向こう傷と言っていい。地磯をやるなら無茶はやるのが当たり前で、いま、生きているのが不思議なくらいだ。

地磯釣りには若い己れが詰まっていて、それだけに、もはや彼方《かなた》のことと思えた。けれど、三日前、いつものように、外へ連れ出そうとやってきた伍助の笑顔が目に入ったとき、不意に、これだ、と思ったのだ。

これしかない。

地磯釣りで流されれば、遭難ではある。

が、やっていたことを見れば、釣りをしていただけだ。子供の頃から、やらぬ者はいない釣りだ。

遭難とはいっても、印象としてはありふれている。

つまりは、遭難してもさほどの注意が集まらない。

不用意とか無謀とかは言われるかもしれぬが、自死とまで疑う者は少なかろう。

ましてや、地磯釣りで自裁をするとは誰も想うまい。

その上に、この策のきっかけをつくってくれた伍助を連れて行って、一部始終を目撃させ、証人に仕立てておけば、もう、水も洩らさぬだろう。

念を入れて三晩を送り、粗を探したが、止める理由はなにも見つからなかった。

で、今日、おまえに伝え、明日、実行する。

浜では、くれぐれも慎重に動くつもりだ。

あるいは、くれぐれも慎重に動いていると映るように動くつもりだ。

海に浸かって、彼方の地磯まで渡るような真似はしない。

そんな無謀をやれば、自死を疑われかねないからだ。

どこから見ても、災難を避けることを第一義にして動いていたのに、不運にも巻き込まれてしまったという話にならなければならない。

とはいえ、ほんとうに、災難を避けていたら、命を落とすことなどできぬ。

だから、私の向かう浜は、あらかじめ決めている。

その浜の海は、昔と変わっていなければ、波が穏やかな日でも、思い出したように大波が立つ。

その大波が襲うときを見据えて、海へ入るのだ。

小岩を伝って大岩に渡るような筋書きになるだろう。

くれぐれも、慎重に渡る。

でも、そのときの慎重は、大波を避けるための慎重ではなく、大波に襲われる一瞬を逃《のが》さぬための慎重だ。

だから、浜へ降りたら、初めの半刻は、釣りをする風を装いながら、ひたすら海を観る。

ひとつは、大波がやってくる周期だ。

大波が砕けてから幾つ数えたら次の大波がやってきて同じように砕けるか……数えることに気を集める。

それを見極めれば、慎重に動きながら、波に呑まれることができる。

そして、もうひとつは、ひときわ強く流れ去る潮が、どこにあるかを見定めることだ。

手漕《てこ》ぎの漁船は、浜の近辺にしか繰り出さない。一気に沖合まで持って行かれれば、まちがいなく命を落とすことができるだろう。

問題は、いまの浜の具合がどうなっているかだ。

明日、おまえが、この文を読んでいれば、浜は昔と変わらず、目論見《もくろみ》どおりに事が運んだことになる。

運んだとして、そろそろ、肝腎な話に入ろう。

儂がなんで自裁をしなければならなかったのか、そして、その自裁をなんで事故に仕立てなければならなかったのか、だ。

まずは、自裁をしなければならなかった理由だが、けっしてやってはならぬことをやったからだ。

やらねばならぬことではあったが、やってはならぬことだった。

だから、自裁をする。

自裁は外からの罰ではなく、内よりの在り方である。

やらねばならぬことであっても、やってはならぬことをやれば、自裁するしかない。

さっさと書こう。

向坂清庵先生を三倉山で滑落死させたのは儂である。永井元重である。

儂が向坂先生を殺した。

手は触れておらぬが、儂が追い詰めて、先生が墜ちたのだから、同じことだ。

なによりも、儂は先生を亡き者にしようとしていた。

はっきりとした意志をもって、三倉山に入った先生を追った。

セキレイ路につづく崖の上で追いついて、間合いを詰めたのも決めていたとおりだ。

子供の頃の遊び場だったから、儂は三倉山のことを知っていた。知り尽くしていたと言ってもいい。

程なく御留山になったから、三倉山は儂の知り尽くした三倉山のまま保全されていた。

セキレイ路ならば、事故があってもおかしくないのをわかっていたのだ。

それに、儂はセキレイ路でしか先生を殺めることができなかった。

御藩主の治りがたかった病を治してくれた向坂先生だ。

なによりも、拡に肛門をつくってくれた向坂先生だ。

おまえと佐江にとっては、神様よりも偉い人であり、これからも頼ってゆかなければならぬ人だ。

剣を振るうなど、想いも寄らぬ。

剣に限らず、大恩ある先生の身を己が手で直に害するなど、できるわけもない。

だから、殺めるなら、セキレイ路で墜ちていただくしかなかった。

先生を亡き者にすることは、去年のうちに決意していた。

が、手術の予後がはっきりしなければ動くことはできぬ。

で、三月《みつき》を置き、御藩主の完治を見極めてから、隠居を願い出て決行に備えた。

とはいえ、標的は、向坂先生なのだ。

備えてからも、踏み切れぬ。

決意し、備えたのに、迷いつづけた。

それでも、結論は出ない。

弱り果てた儂は、結論を流れに委ねることにした。

先刻、儂は「仙了川へ通ったのは、ひとつには、その手立てを想い巡らすためだった」と書いた。

もうひとつの理由がこれだ。

隠居を赦されてからひと月、仙了川で釣糸を垂れて待ち受けるあいだに、もしも、三倉山へ向かう先生が通りかかったら、あとを追うことにした。

逆に言えば、ひと月待って先生が現われなかったら、企てそのものを放棄するということだ。

御藩主の手術の成功で、先生は誰もがその名を知る名医となった。多忙を極めていた。ひと月くらい、現われぬことは十分に考えられる。むしろ、そうなる分のほうが高かろう。半ば、やらぬほうを選んだのではないか、と言われれば、そのとおりなのだろう。

けれど、そうはならなかった。

先生は、なんと、待ち始めてから三日目に姿を現わした。

儂は仰天した。

おそらくは現われまいと踏んでいたから、気持ちの備えができていなかった。

とはいえ、そうと決めていたのだから、あとを追わぬわけにはいかぬ。

それから先はすでに記したとおりだが、ここまで書いてきてみると、武家らしく、潔く書き記す、というのも、ひとつの逃げと思える。

できるだけ、ありのままに伝えるのが、神様よりも偉い人を殺されたおまえへの務めだとすれば、セキレイ路で間合いを詰めたときでさえも、儂に犯意があったかどうかはわからない。

もしも先生が墜ちなかったら、間合いを詰めた儂は、「山をご案内しましょうか」とでも言ったかもしれない。

もうひとつ、いまでも不思議に思えるのは、先生が儂の姿を認めても、まったく驚かなかったことだ。

あたかも、待っていたかのように、穏やかな顔を向けた。

そして、墜ちていった。

その先は、もうよいな。

そこで、自裁は決まった。

決まったが、先生の死から、少なくとも三月はあいだを空けなければ、関わりを疑われかねない。

直ぐにも逝きたかったが、堪えて、いかに自裁を事故に仕立てるかに腐心《ふしん》することにした。

なぜ、事故に仕立てなければならなかったかは言わずもがなだろう。

御藩主を治した誰もが知る名医を前の側近が殺めたとあっては、混乱の収拾《しゅうしゅう》がつかずに国が壊れかねない。

おまえにも、一生消えぬ気持ちの疵を残すことになるだろう。

だから、もともとは経緯を書き残すつもりはなかった。

が、今日、おまえに伝えたとき、おまえは気づいてしまうと感じた。

自裁を事故に仕立てたのを気づいてしまう。

おまえはいい目付だ。気づいたおまえは、いずれは、向坂先生の死までさかのぼって調べ直すだろう。

ならば、不正確な材料で事件を組み直すよりも、当事者である儂が伝えておくべきだろうと思い直した。

で、こうして筆を動かしている。

最後に、なんで先生を殺めなければならなかったかだ。

御藩主の痔漏断裁手術のとき、薬線緊紮のときよりも麻酔に時を要したのを覚えているか。

あのとき、儂はおまえに、前回が子供並みに短かったのであって、今回が当たり前なのだと言ったと思う。

けれど、実際は、それほど簡単なことではなかったのだ。不測の事態が起きていた。

妄言だ。

麻沸湯による麻酔は、しばしば、麻酔状態に入る過程で、患者にあらぬことを口にさせる。

御藩主は麻沸湯との相性がよく、薬線緊紮のときはなにも語る間もなく麻酔状態に入られたのだが、断裁手術ではちがった。

やはり、断裁がお気持ちにのしかかっていたのかもしれぬ。

もともとの痛みへのお弱さのゆえかもしれぬ。

施すあいだ、切れ目なく妄言を叫ばれた。

それが、どんな言葉であったかは、勘弁してくれ。

とにかく、一国の首領がけっして口にしてはならぬお言葉を切れ目なく口にされた。

それを聴いたのは、儂と、向坂先生のみだ。

妄言だから、御藩主は覚えておられまい。

その日から儂の、向坂先生をどうするかで堂々巡りをつづける日々が始まった。

けっして他言《たごん》はせぬ先生と、思わず洩らしてしまう先生が、常に脳裏で、目まぐるしく入れ替わっていた。

そういうことである。

おまえには申し訳が立たぬが、いまは、やっと終わりにできる安堵感を抑えられぬ。

これを読んだおまえは、儂に恨みさえ抱くであろうし、儂がおまえに遺《のこ》す言葉などありえぬのだが、ひとこと、おまえは儂の轍《てつ》を踏まずに、想うようにやってくれ。

譜代筆頭、永井本家のことは忘れてくれ。

それだけだ。／

◆◆◆

あれから七年が経つ。
私はさる国で蘭方外科の診療所を開いている。
父の遭難から程なく致仕願いを出し、二十九にして医術を学び直した。
十になった拡は近隣の餓鬼大将である。
五歳の弟の面倒をよくみる。
佐江はますます、母の登志に似てきた。
柳のような強さは相変わらずである。
今日は向坂先生の命日で、墓に詣《もう》でてから、三倉山へ行く。
父の命日にはあの浜へ行く。
毎年、そうしている。
私は父を、恨んでなどいない。
もしも、八年前の、痔漏断裁手術のとき、私も麻酔室で立ち会っていたとしたら、私はどうしていただろう……。
一人、苦しみつづけて、流されて果てた、墓とてない父を、恨めるはずもない。

初出
「小説　野性時代」２０２３年７月号〜９月号
本書はフィクションです。

装幀／大久保伸子
装画／村田涼平

青山文平（あおやま　ぶんぺい）
1948年神奈川県生まれ。早稲田大学政治経済学部卒業。2011年、『白樫の樹の下で』で松本清張賞を受賞しデビュー。15年、『鬼はもとより』で大藪春彦賞、16年、『つまをめとらば』で直木賞、22年、『底惚れ』で中央公論文芸賞と柴田錬三郎賞を受賞。著書に、『かけおちる』『伊賀の残光』『半席』『励み場』『遠縁の女』『江戸染まぬ』『やっと訪れた春に』『本売る日々』など。

父《ちち》がしたこと

2023年12月19日　初版発行

著者／青山文平《あおやまぶんぺい》

発行者／山下直久

発行／株式会社KADOKAWA
〒102-8177　東京都千代田区富士見2-13-3
電話　0570-002-301（ナビダイヤル）

印刷所／大日本印刷株式会社

製本所／本間製本株式会社

ISBN 978-4-04-114016-1　C0093